爱阅读课程化丛书/快乐读书吧

爱阅读

中国民间故事

立　人／主编

U0893906

无障碍精读版

课外阅读佳作，爱阅读课程化丛书

分级阅读点拨 · 重点精批详注 · 名师全程助读 · 扫清阅读障碍

中国出版集团有限公司

世界图书出版公司

图书在版编目（CIP）数据

中国民间故事 / 立人主编. -- 上海 : 上海世界图书出版公司, 2025. 5. -- ISBN 978-7-5232-2141-9

I. I277.3

中国国家版本馆CIP数据核字第2025MY8354号

书　名	中国民间故事 Zhongguo Minjian Gushi
著　者	立　人
责任编辑	魏丽沪
出版发行	上海世界图书出版公司
地　址	上海市广中路 88 号 9-10 楼
邮　编	200083
网　址	http://www.wpcsh.com
经　销	新华书店
印　刷	三河市元兴印务有限公司
开　本	700mm × 1000mm　1/16
印　张	14.5
字　数	250 千字
版　次	2025 年 5 月第 1 版　　2025 年 5 月第 1 次印刷
书　号	ISBN 978-7-5232-2141-9/I·105
定　价	24.80 元

『孟姜女的传说』

『嫦娥奔月』

唐伯虎画雀

『献桃祝寿』

『日月潭』

『苏东坡画扇』

| 总序 |

这是一套“爱阅读”丛书，读者对象主要是中小学生，这套书可以作为学生的课外阅读用书。作为一名语文教育工作者，为学生推荐优秀课外读物责无旁贷，在“双减”政策的大背景下，也更有意义。

一、“双减”以后怎么办？

2021 年 7 月，中共中央办公厅、国务院办公厅印发了《关于进一步减轻义务教育阶段学生作业负担和校外培训负担的意见》，对义务教育阶段学生的作业和校外培训作出严格规定。这是一件好事。曾几何时，我们的中小学生作业负担重，不少孩子不是在各种各样的培训班里，就是在去培训班的路上。孩子们“学”无宁日，备尝艰辛；家长们焦虑不安，苦不堪言。校外培训机构为了增强吸引力，到处挖墙脚；有些老师受利益驱使，不能安心从教。他们的行为破坏了教育生态，违背了教育规律，严重影响了我国教育改革发展。教育是什么？教育是唤醒，是点燃，是激发。而校外培训的噱头仅仅是提高考试成绩，让孩子在中高考中占得先机。他们的广告词是“提高一分，干掉千人”，他们大肆渲染“分数为王”。在这种压力之下，孩子们面对的是“分萧萧兮题海寒”，他们不得不深陷题海，机械刷题。假如只有一部分孩子上培训班，提高的可能是分数。但是，如果大多数孩子或者所有孩子都去上培训班，那提高的就不是分数，而只是分数线。教育的根本任务是立德树人，是培根铸魂，是启智增慧，是让学生德智体美劳全面发展，是培养社会主义建设者和接班人，是为中华民族伟大复兴提供人才，而不是培养只会考试的“机器”，更不能被资本绑架。

所以中央才“出重拳”“放实招”，目的就是要减轻学生过重的课业负担，减轻家长过重的经济和精神负担。

“双减”政策出台后，学生们一片欢呼，再也不用在各种培训班之间来回奔波了，但家长产生了新的焦虑：孩子学习成绩怎么办？而对学校老师来说，这是一个新挑战、新任务，当然也是新机遇。学生在校时间增加，要求老师提升教学水平，科学合理布置作业，同时开展课外延伸服务，事实上是老师陪伴学生的时间增加了。这部分在校时间怎么安排？如何让学生利用好课外时间？这一切考验着老师们的智慧，而开展各种课外活动正好可以解决这个难题，比如：热爱人文的，可以参加阅读写作、演讲辩论、学习传统文化和民风民俗等社团活动；喜爱数理的，可以参加科普科幻、实验研究、统计测量、天文观测等兴趣小组；有其他兴趣爱好的，也可以参加体育比赛、艺术（音乐、美术、书法、戏剧）体验和劳动教育等实践活动。当然，所有的活动都应以培养学生的兴趣爱好为目的，以自愿参加为前提。学校开展课后服务，可以多方面拓展资源，比如博物馆、图书馆、科技馆、陈列馆、少年宫、青少年活动中心，甚至校外培训机构的优质服务资源，还可组织征文比赛、志愿服务、社会调查等，助力学生全面发展。

二、课外阅读新机遇

近年来，“新课标”“新教材”“新高考”成为语文教育改革的热词。前不久，我看到一个视频，说语文在中高考中的地位提高了，难度也加大了。这种说法有一定道理，但并不准确。说它有一定道理，是因为语文能力主要指一个人的阅读和写作能力，而阅读和写作能力又是一个人综合素养的体现。语文能力强，有助于学习别的学科。比如：数学、物理中的应用题，如果阅读能力上不去，读不懂题干，便不能准确把握解题要领，也就没法准确答题；英语中的英译汉、汉译英题更是考查学生的语言表达能力；历史题和政治题往往是给一段材料，让学生去分析、判断，得出结论，并表述自己的观点或看法。从这点来说，语文在中高考中的地位提高有一定道理。说它不准确，有两个方面的理由：一是语文学科本来就重要，不是现在才变得重要，之所以产生这种错觉，是因为在应试教育的背景下，语文的重要性被弱化了；二是语文考试的难度并没有增加，增加的只是阅读思维的宽度和广度，考查的是阅读理解、信息筛选、应用写作、语言表达、批判性思维、辩证思维等关键能力。可以说，真正的素质教育必须重视语文，因为语文是工具，是基础。不少家长和教师认为课外阅读浪费学习时间，这主要是教育观念问题。他们之所以有这种想法，无非是认为考试才是最终目的，希望孩子可以把更多时间用在刷题上。他们只看到课标和教材的变化，以为考试还是过去那一套，其实，考试评价已发生深刻变革。目前，考试评价改革与新课标、新教材改革是同向同行的，都是围绕立德树人做文章。中共中央、国务院印发的《深化新时代教育评价改革总体方案》明确指出："稳步推进中高考改革，构建引导学生德智体美劳全面发展的考试内容体系，改变相对固化的试题形式，增强试题开放性，减少死记硬背和'机械刷题'现象。"显然就是要用中高考"指挥棒"引领素质教育。新高考招生录取强调"两依据，一参考"，即以高考成绩和高中学业水平考试成绩为依据，以综合素质评价为参考。这也就是说，高考成绩不再是高校选拔新生的唯一标准，不只看谁考的分数高，还要看谁更有发展潜力、更有创造性、综合素质更高，从而实现由"招分"向"招人"的转变。而这绝不是仅凭一张高考试卷能够区分出来的，"机械刷题"无助于全面发展，必须在课内学习的基础上，辅之以内容广泛的课外阅读，才能全面提高综合素养。

三、“爱阅读”助力成长

这套“爱阅读”丛书是为中小学生量身打造的，符合《义务教育语文课程标准》倡导的“好读书、读好书、读整本书”的课改理念，可以作为学生课内学习的有益补充。我一向认为，要学好语文，一要读好三本书，二要写好两篇文，三要养成四个好习惯。三本书指“有字之书”“无字之书”和“心灵之书”，两篇文指“规矩文”和“放胆文”，四个好习惯指享受阅读的习惯、善于思考的习惯、乐于表达的习惯和自主学习的习惯。古人说“读万卷书，行万里路”，实际上就是要处理好读书与实践的关系。对于中小学生来说，读书首先是读好“有字之书”。“有字之书”，有课本，有课外自读课本，还有“爱阅读”这样的课外读物。读书时我们不能眉毛胡子一把抓，要区分不同的书，采取不同的读法。一般说来，有精读，有略读。精读需要字斟句酌，需要咬文嚼字，但费时费力。当然也不是所有的书都需要精读，可以根据自己的需要决定精读还是略读。新课标提倡中小学生进行整本书阅读，但是学生往往不能耐着性子读完一整本书。新课标提倡的整本书阅读，主要是针对过去的单篇教学来说的，并不是说每本书都要从头读到尾。教材设计的练习项目也是有弹性的、可选择的，不可能有统一的“阅读计划”。我的建议是，整本书阅读应把精读、略读与浏览结合起来。精读重在示范，略读重在博览，浏览略观大意即可，三者相辅相成，不宜偏于一隅。不仅如此，学生还可以把阅读与写作、读书与实践、课内与课外结合起来。整本书阅读重在掌握阅读方法，拓展阅读视野，培养读书兴趣，养成阅读习惯。

再说写好两篇文。学生读得多了，素养提高了，自然有话想说，有自己的观点和看法要发表。发表的形式可以是口头的，也可以是书面的，书面表达就是写作。写好两篇文，一篇“规矩文”，一篇“放胆文”。“规矩文”重打基础，“放胆文”更见才气。“规矩文”要求练好写作基本功，包括审题、立意、选材、构思等，同时还要掌握记叙文、议论文、说明文、应用文的基本要领和写作规范。“规矩文”的写作要在教师的指导下进行。“放胆文”则鼓励学生放飞自我、大胆想象，各呈创意、各展所长，尤其是展现自己的应用写作能力、语言表达能力、批判性思维能力和辩证思维能力。“放胆文”的写作可以多种多样，除了写大作文，也可以写小作文。有兴趣的还可以进行文学创作，写诗歌、小说、散文、剧本等。

学习语文还要养成四个好习惯。第一，享受阅读的习惯。爱阅读非常重要。每个同学都应该有自己的个性化书单，有的同学喜欢网络小说也没有关系，但需要防止沉迷其中，钻进“死胡同”。这套“爱阅读”丛书，就给中小学生课外阅读提供了大量古今中外的名家名作。第二，善于思考的习惯。在这个大众创业、万众创新的时代，创新人才的标准，已不再是把已有的知识烂熟于心，而是能够独立思考，敢于质疑，能够自己去发现问题、提出问题和解决问题，需要具有探究质疑能力、独立思考能力、批判性思维和辩证思维能力。第三，乐于表达的习惯。表达的乐趣在于说或写的过程，这个过程比说得好、写得完美更重要。写作形式可以不拘一格，比如作文、日记、笔记、随笔、漫画等。第四，自主学习的习惯。我的地盘我做主，我的语文我做主。不是为老师学，也不是为父母长辈学，而是为自己的精神成长学，为自己的未来学。

愿广大中小学生能借助这套“爱阅读”丛书，真正爱上阅读，插上想象的翅膀，飞向未来的广阔天地！

顾之川

2021 年 10 月 15 日

写于京东大运河畔之两不厌居

阅读领航

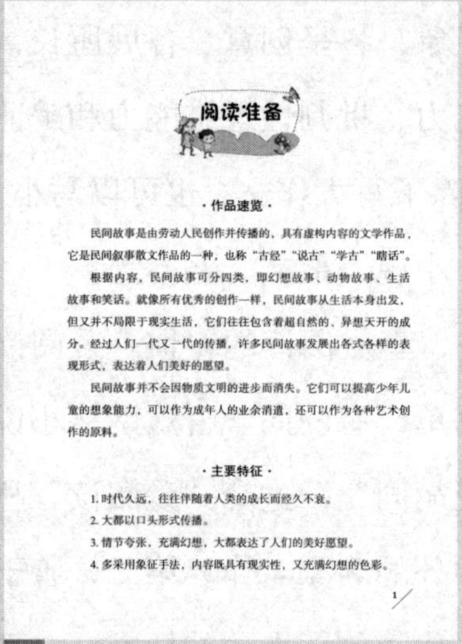

阅读准备

· 作品速览 ·

民间故事是由劳动人民创作并传播的、具有虚构内容的文学作品，它是民间叙事散文作品的一种，也称“古经”“说古”“学古”“瞎话”。

根据内容，民间故事可分四类，即幻想故事、动物故事、生活故事和笑话。就像所有优秀的创作一样，民间故事从生活本身出发，但又并不局限于现实生活，它们往往包含着超自然的、异想天开的成分。经过人们一代又一代的传播，许多民间故事发展出各式各样的表现形式，表达着人们美好的愿望。

民间故事并不会因物质文明的进步而消失。它们可以提高少年儿童的想象能力，可以作为成年人的业余消遣，还可以作为各种艺术创作的原料。

· 主要特征 ·

1. 时代久远，往往伴随着人类的成长而经久不衰。
2. 大都以口头形式传播。
3. 情节夸张，充满幻想，大都表达了人们的美好愿望。
4. 多采用象征手法，内容既具有现实性，又充满幻想的色彩。

1

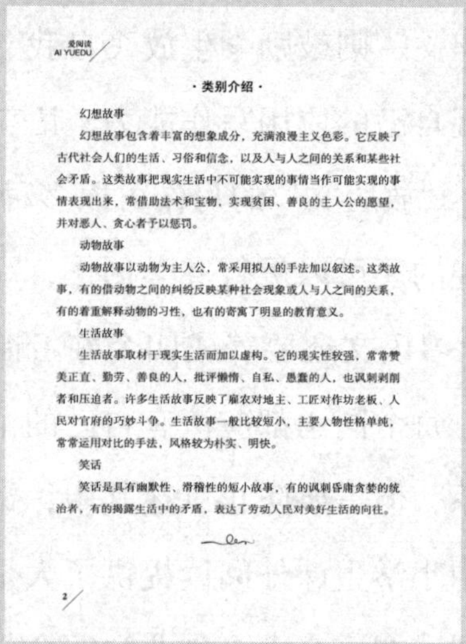

爱阅读
AI YUEDU

· 类别介绍 ·

幻想故事

幻想故事包含着丰富的想象成分，充满浪漫主义色彩。它反映了古代社会人们的生活、习俗和信念，以及人与人之间的关系和某些社会矛盾。这类故事把现实生活中不可能实现的事情当作可能实现的事情表现出来，常借助法术和宝物，实现贫困、善良的主人公的愿望，并对恶人、贪心者予以惩罚。

动物故事

动物故事以动物为主人公，常采用拟人的手法加以叙述。这类故事，有的借动物之间的纠纷反映某种社会现象或人与人之间的关系，有的着重解释动物的习性，也有的寄寓了明显的教育意义。

生活故事

生活故事取材于现实生活而加以虚构。它的现实性较强，常常赞美正直、勤劳、善良的人，批评懒惰、自私、愚蠢的人，也讽刺剥削者和压迫者。许多生活故事反映了雇农对地主、工匠对作坊老板、人民对官府的巧妙斗争。生活故事一般比较短小，主要人物性格单纯，常常运用对比的手法，风格较为朴实、明快。

笑话

笑话是具有幽默性、滑稽性的短小故事，有的讽刺昏庸贪婪的统治者，有的揭露生活中的矛盾，表达了劳动人民对美好生活的向往。

2

阅读准备

“作家生平”，走近作家，一睹作家风采；“创作背景”，了解作品创作的时代背景；“作品速览”，把握故事全貌、主题意蕴；“文学特色”，发掘作品深刻的文学价值，以增进理解，提高阅读效率。

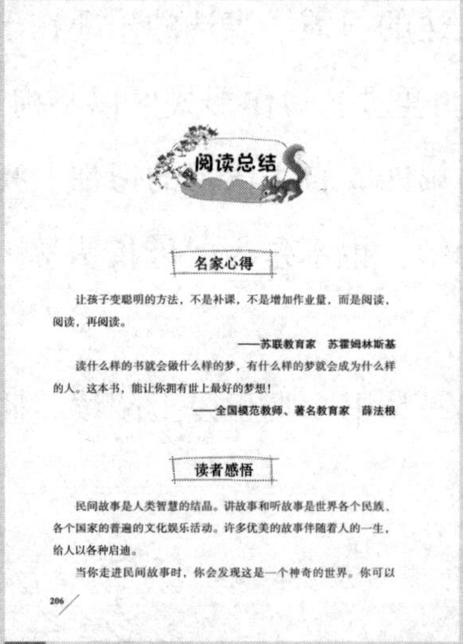

阅读总结

名家心得

让孩子变聪明的方法，不是补课，不是增加作业量，而是阅读，阅读，再阅读。

——苏联教育家　苏霍姆林斯基

读什么样的书就会做什么样的梦，有什么样的梦就会成为什么样的人。这本书，能让你拥有世上最好的梦想！

——全国模范教师、著名教育家　薛法根

读者感悟

民间故事是人类智慧的结晶。讲故事和听故事是世界各个民族、各个国家的普遍的文化娱乐活动。许多优美的故事伴随着人的一生，给人以各种启迪。

当你走进民间故事时，你会发现这是一个神奇的世界。你可以

206

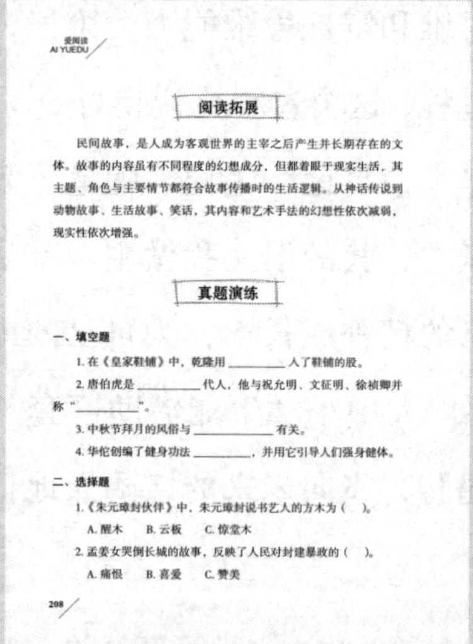

爱阅读
AI YUEDU

阅读拓展

民间故事，是人成为客观世界的主宰之后产生并长期存在的文体。故事的内容虽有不同程度的幻想成分，但都着眼于现实生活，其主题、角色与主要情节都符合故事传播时的生活逻辑。从神话传说到动物故事、生活故事、笑话，其内容和艺术手法的幻想性依次减弱，现实性依次增强。

真题演练

一、填空题

1. 在《皇家鞋铺》中，乾隆用__________人了鞋铺的股。

2. 唐伯虎是__________代人，他与祝允明、文征明、徐祯卿并称“__________”。

3. 中秋节拜月的风俗与__________有关。

4. 华佗创编了健身功法__________，并用它引导人们强身健体。

二、选择题

1.《朱元璋封伙伴》中，朱元璋封说书艺人的方木为（　）。

A. 醒木　B. 云板　C. 惊堂木

2. 孟姜女哭倒长城的故事，反映了人民对封建暴政的（　）。

A. 痛恨　B. 喜爱　C. 赞美

208

阅读总结

“读者感悟”，看看别人怎么想；“阅读拓展”，帮助读者丰富文学知识，增强艺术感受力；“真题演练”，考查阅读本书后的效果，是对阅读成果的巩固和总结。习题具有一定的延伸性和扩展性，对于没有回答上来的问题，读者可以借此发现阅读上的不足，心中带着疑问，为下一次的精读做好准备。

接受文学名著的滋养，读写贯通，读为写用，读写双升

七兄弟

一个老汉有七个儿子，他这七个儿子各个身怀绝技。皇帝知道老汉家粮食收成好，便让大臣来催皇粮。老汉担心以后都要受皇帝的欺压，非常愁闷。七个儿子知道后十分生气，决定进京找皇帝讲理。那么皇帝会和他们讲理吗？

传说古时候，在高山下面的大海旁边有一个很小的村庄。①村庄里有一个老汉，他有七个儿子。七个儿子长得高大壮实。老大叫大壮实，老二叫二刮风，老三叫三铁汉，老四叫不怕热，老五叫五长腿，老六叫六大脚，老七叫七大口。

①叙述　开篇交代了老汉有七个儿子，由名字表现出他们各自的特点。

有一天，老汉对七个儿子说道："咱们庄西面是高山，东面是大海，出门太不方便了，你们把它们搬远一点吧。"

读书笔记

七个儿子答应着向外走。过了一会儿，老汉走出去一看，海望不到了，山也不见踪影了，四周尽是黑油油的坡地，土不松也不紧，不湿也不干。老汉又对七个儿子说道："这么好的地，哪能叫它闲着？你们在这上面

3

名师导读　指引你快速知晓章节内容，提高阅读兴趣。

名师点评　名师妙语，见解独特，视角新颖。

中国民间故事
ZHONGGUO MINJIAN GUSHI

朱元璋年幼时和小伙伴们结为兄弟，他当上皇帝后，地位发生变化，但他并没有用手中的权力给兄弟们加官晋爵。文章通过对人物的语言、动作等进行描写，既体现了朱元璋重情重义，又凸显了他不滥用权力，不任人唯亲的特点。

1. 皇帝、将军、县官等人的方木封号是如何得来的？
2. 我们和朋友之间应该如何相处？
3. 与朋友相处时，应不应该考虑身份地位的不同？

朱元璋，即明太祖。他出身贫苦，17 岁时父母双亡，他被迫到寺院里当了和尚，不久以行童游食于淮西一带。后来他参加了反元起义军，由于英勇善战和足智多谋，被推为领袖。他采取"高筑墙，广积粮，缓称王"的策略，逐步发展壮大，最终统一全国。

13

精华赏析　评点章节要旨，发人深省。

延伸思考　开拓思维，启迪智慧。

相关链接　在轻松阅读中开阔视野。

Contents

目录

·作品速览·

民间故事是由劳动人民创作并传播的，具有虚构内容的文学作品，它是民间叙事散文作品的一种，也称“古经”“说古”“学古”“瞎话”。

根据内容，民间故事可分四类，即幻想故事、动物故事、生活故事和笑话。就像所有优秀的创作一样，民间故事从生活本身出发，但又并不局限于现实生活，它们往往包含着超自然的、异想天开的成分。经过人们一代又一代的传播，许多民间故事发展出各式各样的表现形式，表达着人们美好的愿望。

民间故事并不会因物质文明的进步而消失。它们可以提高少年儿童的想象能力，可以作为成年人的业余消遣，还可以作为各种艺术创作的原料。

·主要特征·

1. 时代久远，往往伴随着人类的成长而经久不衰。

2. 大都以口头形式传播。

3. 情节夸张，充满幻想，大都表达了人们的美好愿望。

4. 多采用象征手法，内容既具有现实性，又充满幻想的色彩。

·类别介绍·

幻想故事

幻想故事包含着丰富的想象成分，充满浪漫主义色彩。它反映了古代社会人们的生活、习俗和信念，以及人与人之间的关系和某些社会矛盾。这类故事把现实生活中不可能实现的事情当作可能实现的事情表现出来，常借助法术和宝物，实现贫困、善良的主人公的愿望，并对恶人、贪心者予以惩罚。

动物故事

动物故事以动物为主人公，常采用拟人的手法加以叙述。这类故事，有的借动物之间的纠纷反映某种社会现象或人与人之间的关系，有的着重解释动物的习性，也有的寄寓了明显的教育意义。

生活故事

生活故事取材于现实生活而加以虚构。它的现实性较强，常常赞美正直、勤劳、善良的人，批评懒惰、自私、愚蠢的人，也讽刺剥削者和压迫者。许多生活故事反映了雇农对地主、工匠对作坊老板、人民对官府的巧妙斗争。生活故事一般比较短小，主要人物性格单纯，常常运用对比的手法，风格较为朴实、明快。

笑话

笑话是具有幽默性、滑稽性的短小故事，有的讽刺昏庸贪婪的统治者，有的揭露生活中的矛盾，表达了劳动人民对美好生活的向往。

七兄弟

名师导读

一个老汉有七个儿子，他这七个儿子各个身怀绝技。皇帝知道老汉家粮食收成好，便让大臣来催皇粮。老汉担心以后都要受皇帝的欺压，非常愁闷。七个儿子知道后十分生气，决定进京找皇帝讲理。那么皇帝会和他们讲理吗？

传说古时候，在高山下面的大海旁边有一个很小的村庄。①村庄里有一个老汉，他有七个儿子。七个儿子长得高大壮实。老大叫大壮实，老二叫二刮风，老三叫三铁汉，老四叫不怕热，老五叫五长腿，老六叫六大脚，老七叫七大口。

❶叙述 开篇交代了老汉有七个儿子，由名字表现出他们各自的特点。

有一天，老汉对七个儿子说道："咱们庄西面是高山，东面是大海，出门太不方便了，你们把它们搬远一点吧。"

读书笔记

七个儿子答应着向外走。过了一会儿，老汉走出去一看，海望不到了，山也不见踪影了，四周尽是黑油油的坡地，土不松也不紧，不湿也不干。老汉又对七个儿子说道："这么好的地，哪能叫它闲着？你们在这上面种上些五谷杂粮吧。”

读书笔记

七个儿子答应着，动手耕种起来。

过了些日子，那坡地上就长出了一眼望不到边的好庄稼。老汉和七个儿子都欢喜得不得了。

可是，谁知道好事引来了灾祸。京城里的皇帝也知道了这个好地方，就派大臣拿着圣旨来催皇粮。

老汉一听发了愁，不禁叹了一口气，对儿子们说道：“孩子们，咱们不用再打算过好日子了，皇帝的肚子是口填不满的枯井呀！要是服从了他，那就要给他当一辈子牛马。”

七兄弟听了老汉的话，自然都很生气，一齐说道：“爹，不用怕，我们弟兄七个进京去和皇帝讲理。”

①七兄弟还在京城外，守门的大将军老远地望见了他们，吓得连忙关紧城门，爬到城楼上躲了起来。

❶动作描写……大将军看到七兄弟之后，连忙关上城门，表现出对他们的害怕。

七兄弟到了城门跟前。老大大壮实喊道：“开门呀，我们弟兄七个是进京来跟皇帝讲理的。”

大将军躲在城楼上，哆哆嗦嗦地说道：“庄……庄户人怎……怎么能跟皇帝讲理！”

②大壮实一听火了，伸手一推，只听哗啦一声，城门和城楼一齐倒了，尘土漫天，砖石乱滚，大将军被砸死了。

❷细节描写……这句话表现出大壮实力气大的特点。

七兄弟又往里走，到了午朝门外，只见午朝门关得严丝合缝。二刮风说：“大哥，你先歇歇，我去叫门。”

他扯开嗓子大声地喊道："开门呀，我们弟兄七个要进去跟皇帝讲理！"

二刮风一连叫了好几声也没人答应，他一生气，喷出一口气来，顿时天空就刮起了狂风，午朝门和门两旁的盘龙石柱摇晃了几下就倒了。

满朝的文官武将都吓坏了，谁也不敢出头阻挡。弟兄七个到了金銮殿前。三铁汉说道："二哥，你先歇一会儿，我去跟皇帝讲理！"三铁汉向前走了一步。①没想到皇帝早吓得脸色发白，他慌忙说道："庄……庄户人怎能和我讲理？快……快些推出去斩首！"

三铁汉听了，笑了一声说："先给你只胳膊试试看！"他把胳膊朝一个武将伸去，正碰在明晃晃的刀刃上。只听砰的一声，火星乱迸，刀就四分五裂了。

皇帝吓得从龙椅上滚了下来，几个大臣好不容易才把他架回了龙椅。皇帝见刀杀不了七兄弟，就连声吩咐点火去烧。

霎时的工夫，许多火球伴着浓烟，滚到了七兄弟的眼前。不怕热说道："你们先到后面歇一歇，这次由我来应对。"他一脚踏住一个火球，冷笑了一声，说道："我还冷，这点儿火太小了。"

皇帝又吩咐兵将们把七兄弟推到海里淹死。

五长腿听了，说道："不用费那些事啦，我正想洗个澡呢。"说着，他只几步就迈进了大海，可是海水只

①神态、语言描写 这句话体现出皇帝的昏庸和不讲理。

读书笔记

❶动作、语言描写　对五长腿来说，海水太浅了，这充分说明了他的腿很长。

没到他的脚脖子。①他摇摇头说道："这水太浅了，没法儿洗澡啦，还是摸点鱼吃吧。"

他弯下腰去，两只手不停地往海岸上扔鱼。黑色的、白色的，一丈长的、十丈长的，最后连一百丈长的大鱼也让他给弄上来了。眼看着岸上的鱼堆得好像小山一样。

兄弟们左等右等也不见老五回来，六大脚着急地说道："我去把他叫回来。"他一脚就踏到了大海边，冲着五长腿喊道："五哥，正事还没办完，你怎么摸起鱼来了？"话音刚落，七大口也赶来了。他不耐烦地说："皇帝怎么会讲理！讲理他就不是皇帝了。"说着，性急的他想也不想，一口就把大海里的水喝干了。然后他回过头来，又一张嘴，把海水从嘴里一股劲儿地喷了出来。海水翻腾着向皇宫冲去，冲倒了层层高墙，把皇帝和文官武将都淹死了。

读书笔记

精华赏析

本文主要讲述的是被逼交皇粮的七兄弟找皇帝讲理，然而皇帝却蛮横昏庸，想除掉这七兄弟，最后反被淹死的故事。这个故事既强调了孝顺和亲情的重要性，又赞扬了勇敢和正义的精神。七兄弟面对封建统治者的压迫，没有选择退缩，而是勇敢地站出来维护自己的权益。他们的行为体现了对正义的追求和对阶级压迫的反抗。

延伸思考

1. 七兄弟为什么要进京？

2. 皇帝是怎么死的？

相关链接

“午朝门”通常指南京明故宫的午门，又泛指帝王宫城的正门，是群臣待朝或候旨的地方。

朱元璋封伙伴

名师导读

朱元璋年幼时和一些小伙伴结拜成兄弟，他当了皇帝以后，会不会把这些兄弟都忘记了呢？让我们一起来读读故事吧！

---

❶叙述

开篇交代朱元璋年幼时的家境和生活经历。在这样贫困的情况下，他和一些小伙伴结下了深厚的友谊。

读书笔记

①明朝开国皇帝朱元璋年幼时家里很穷，他放过牛，要过饭，还出家当过和尚。

朱元璋小时候常和六个小伙伴在一起放牛。大伙儿在山上玩得很好，常常在一块儿摘山果、捉迷藏，有时还到地里挖红薯烤着吃。时间一长，大家胜似同胞手足，都舍不得离开彼此。

朱元璋的小名叫重八。有一天，一个放牛的伙伴说："重八哥，咱们结拜成兄弟吧。"朱元璋一向讲义气，一听这话正合自己的心意，立马答道："那好啊！"于是七个放牛娃一齐跪下，对天发誓，又叩了头，结了生死之交。排排生辰八字，数朱元璋岁数最大，于是大伙儿也就尊称他为重八大哥。

朱元璋说："咱们成了结拜兄弟，但不知以后谁往哪儿去，也不知能混成个啥样，得找个信物才好。”[1]大家在山上找来找去，终于找到一根长木头。他们用锯子把它锯成七块方木，每人一块，各自保存起来。

许多年过去了，朱元璋率领义军东征西讨，推翻元朝，创建明朝，当上了开国皇帝。可他的结拜兄弟们却下落不明，生死未卜。他很惦念他们，就把信物交给马皇后，并讲明实情。[2]马皇后听了很受感动，就把方木当作珍贵物件，用绸缎包了一层又一层，放在箱子里，外面还加上一把锁，单等日后兄弟们团聚。

再说朱元璋那六个结拜兄弟。经历了几十年的人间沧桑，有两个做了官：一个成了朝廷的大将军，一个当了七品芝麻县官。其余四人虽然没有当官，却各有自己的特长，各干一行：一个做了药铺的郎中；一个成了化缘吃斋的和尚；一个当了染布坊的染匠；还有一个浪迹江湖，凭三寸不烂之舌聊以糊口，也就是所谓的说书艺人。这六个结拜兄弟互有往来，却不知重八大哥的下落。

有一天早朝，那个在朝廷做大将军的忽然发现皇帝很像自己的结拜大哥朱重八，但他不敢贸然相认——怕错认了犯欺君之罪，有性命之虞。下朝后他就跟当县官的兄弟说了。县官忙找来那几个结拜兄弟讲明情况，大伙儿一听很高兴，可谁也不敢去相认。恰巧这时，皇后娘娘生病了，大将军就对药铺郎中说：“我看就请兄弟进宫去探明虚实吧！”大伙儿都说这是个好主意。于

❶**叙述**

这两句讲述了几个伙伴用方木作为信物的事，为以后的相认埋下伏笔，也为朱元璋封方木做铺垫。

❷**动作描写**

“包”“放”等一连串的动词，生动地写出了马皇后对这块方木的珍视。

读书笔记

是，药铺郎中特意带上信物，进宫去了。

朱元璋正在为宫里的御医都无法治好马皇后的病而发愁，忽听大将军推荐的郎中来了，就命太监领郎中进宫给马皇后看病。那郎中看完病，铺开纸，就从袖中掏出方木，端端正正地压在纸上，然后便磨墨挥笔，开起药方来。马皇后一眼就看出了那块方木和自己箱中珍藏的那块有点儿相似，她十分惊讶，就问它的来历。

郎中说："实不相瞒，这是俺们结拜兄弟的信物。"

马皇后忙取出皇帝的那块，和这块一对照，颜色、大小和样子都差不多，看来皆出自一块木头。真是"踏破铁鞋无觅处，得来全不费工夫"啊！她连忙派人告诉了朱元璋。朱元璋来到皇后宫中，见了药铺郎中，就和他相认了。

那些结拜兄弟知道重八大哥就是当今皇上，喜出望外，当天就要去向朱元璋讨封。

①朱元璋想：如今我是大明王朝的一国之君，不能再像小时候那样随便行事，无所顾忌。于是晓谕众兄弟，次日早朝后，在宫内后院相见。

第二天，六个结拜兄弟相约入宫，去见朱元璋。见面后，他们都拿出信物放在一起，恰好拼成一块完整的木头。兄弟们久别重逢，又激动又高兴。②那将军和县官依然跪呼"万岁"，谢主隆恩。可另外四个兄弟顾不得这些了，他们张嘴"重八"，闭嘴"大哥"。那个说

读书笔记

①心理描写……

朱元璋的地位发生变化后，心理也发生了相应的变化。作为一国之君，思考问题更谨慎了。

②动作、语言描写

这几句生动形象地写出了众位兄弟因生活经历的不同，在与皇帝相认后的不同表现。

书的上来就给朱元璋一拳："哈，没想到你竟有这个福分，坐了龙椅，一步登天了！还记得我们儿时放牛的事吗？"染匠不顾两手黑黑，伸出一只手搭着皇帝的膀子叙旧情；和尚脱下袈裟，想换他的龙袍穿穿；郎中要试戴他的紫金冠。

朱元璋很不耐烦，一本正经地说："去去去，都放规矩点儿，这是啥地方！"接着，他又嘿嘿笑道："哎呀，你们当这皇位是那么容易得来的吗？这可是大哥我南征北战，用性命换来的呀！"

读书笔记

四个兄弟仍然不依，闹着说："大哥，你当了皇上，我们虽没跟你打天下，但凭着结拜之情，总该给我们个一官半职吧！"

朱元璋脸色一沉说："不行！你们没跟我打天下，没立战功，无功怎能受禄！"

那四个兄弟一愣，不言声儿了。朱元璋觉得过意不去，又说："好吧，封就封吧。不过，只能对每个信物加封。"

读书笔记

大家挤眉弄眼，看他怎么个封法。"先说我这一块吧。"朱元璋说，"我是当今万岁，古语云：'普天之下，莫非王土；率土之滨，莫非王臣。'所以我这块方木就封为'镇山河'。大将军转战南北，所向无敌，如

注释

挤眉弄眼：用眉眼示意。

猛虎般骁勇，就封他那块方木为‘虎威’吧！”

❶叙述

朱元璋根据每个人职业的特点，对他们的方木分别加封，写出了这些方木名称的来历。

①接着封其他兄弟的：县官经常要审理案子，坐大堂，不给囚犯点厉害看看怎么行，所以封他那块方木为“惊堂木”，如果囚犯不招，啪的一下，可以拍出威风来；药铺郎中经常看病抓药，方木压在药方上，风吹不走，就封这块方木为“压方”；和尚芒鞋破钵，云游四方，行踪无定，敲着这块方木四处化缘，就封它为“云板”；说书艺人献艺说书，如果人们听累了打瞌睡，用这块方木啪啪一敲，可唤醒大家继续听下去，就封它为“醒木”。

最后封染匠的。朱元璋问：“小弟那块方木，原是最小的一块，我记得上面还有个小窟窿，怎么现在窟窿变得如此大呢？”

读书笔记

染匠答道：“大哥呀，我们染匠染布时要拎着布在水里摆动，把布角系在方木窟窿上，拎着方木摆起来更省劲儿，久而久之，窟窿就大了。”

朱元璋明白了，说：“哦，那就封它为‘染牌’吧！”

朱元璋给七块方木一一封号，六个兄弟都觉得很好。后来这些方木的封号便一代一代传了下来。

精华赏析

朱元璋年幼时和小伙伴们结为兄弟，他当上皇帝后，地位发生变化，但他并没有用手中的权力给兄弟们加官晋爵。文章通过对人物的语言、动作等进行描写，既体现了朱元璋重情重义，又凸显了他不滥用权力，不任人唯亲的特点。

延伸思考

1. 皇帝、将军、县官等人的方木封号是如何得来的？

2. 我们和朋友之间应该如何相处？

3. 与朋友相处时，应不应该考虑身份地位的不同？

相关链接

朱元璋，即明太祖。他出身贫苦，17 岁时父母双亡，他被迫到寺院里当了和尚，不久以行童游食于淮西一带。后来他参加了反元起义军，由于英勇善战和足智多谋，被推为领袖。他采取“高筑墙，广积粮，缓称王”的策略，逐步发展壮大，最终统一全国。

草鞋换布鞋

名师导读

亲爱的小读者，这则故事的题目是“草鞋换布鞋”，你们知道换鞋的原因、目的是什么吗？让我们一起来读读故事吧！

读书笔记

明代的时候，有个叫杨慎的状元，他被朝廷贬到云南大理点苍山下。有一天，杨状元在大理郊外散步，呼吸着清新的空气，看着田里金黄的菜花，顿觉心旷神怡。正当他兴致勃勃的时候，身后传来粗暴的喝道声：“闪开！闪开！”一伙人前呼后拥，来到状元公身边，其中一人怒斥：“你敢挡县太爷的驾！”

杨状元道：“你要为老爷开道吗？”

①那家伙仗势欺人，举手要打。“休得无理！”骑在马上的县令喝退手下，并向杨状元施礼道歉，“请状元公恕罪！既然和我们同路，就请上马吧。”

❶**动作描写**……这句话写出了县令随从的蛮横无理、仗势欺人，从侧面反映出县令的为人。

杨状元上马后冷笑道：“请！”

走了一程，众人看见一个老农在路边拾牛粪。他脚穿草鞋，脚后跟裂了一道很深的口子。县令笑道：

①“穿草鞋，脚底裂；穿玉鞋，县老爷。”

老农敢怒不敢言，看了县令一眼，嘴里嘟囔着什么。

杨状元看到县令蔑视老农，就向县令说道：“不见得吧？”

县令说：“就是如此，永远如此。”

杨状元也不再分辩，话题一转：“请问尊兄贵庚？”

县令道：“五十。状元公呢？”

“后日正满五十岁。”

“哦！再过一日就是状元公的诞辰，我想登门道贺，不知允否？”

“若看得起我，请一定光临。”

②杨状元回到家，叫人备好二十担水、四十担细土、数十双草鞋。到了诞辰之日，杨状元让人把他住的院子和院外街巷都撒满了土，并浇上水和成了泥浆。

县令率绅吏等数十人前来祝寿，见巷道和院子里尽是泥浆，犹豫了一会儿，只得踏着泥泞而行。走到门前时，布鞋已成了泥鞋，众人又不能把稀泥带进屋里。正犯难，状元公急忙迎出来，道：“家中没有多余的鞋，幸好还有这些草鞋，请众位将就些换上吧。”众人无奈，只好穿上草鞋。

这时，县令知道上当了，暗自叫苦，却又无法发作。进屋后，县令与绅吏们一一就座。③杨状元见县令头戴乌纱帽，身穿官袍，脚上却穿着草鞋，一副滑稽

❶语言描写

县令的话体现了他对农民的蔑视，也为后文杨慎让县令用布鞋换草鞋做了铺垫。

❷叙述

杨慎让人准备水、细土、草鞋的目的是什么呢？此处设置悬念，引起读者的阅读兴趣。

❸叙述

这句话生动地写出了县令被戏弄后的滑稽形象，也写出了杨慎见自己的计策成功后的高兴心理。

样，禁不住想笑，但他强忍住了。

杨状元和来客寒暄一阵，献茶三巡后，起身说道：“晚生贫寒，恕不侍宴了。”

读书笔记

县令本想再坐一阵，寻机报复，但又不好意思说，而且主人已经说不侍宴了，若是自己还不走，又会落个嘴馋的话柄，他只好忍气告辞。

跨过门槛，县令几次偷看自己那双镶玉的布鞋，心里实在舍不得，又无脸索取。

这些杨状元当然都看在眼里，只一味地装憨，热情送客。

①一出巷口，众人恰巧遇到一群农民走来，那天被县令嘲笑的拾粪老农也在里面。那群农民看见县令等人不伦不类的样子，忍不住哄然大笑。县令和众绅吏脸色铁青，狼狈而去。

❶前后照应……这里特意写到拾粪的老农，与前文县令嘲笑老农形成对比，使文章的讽刺意味更浓。

第二天，状元公叫人把那数十双布鞋洗净晒干后送给无鞋穿的穷人，他还特意把县令那双镶玉的布鞋送给了拾粪老农。

杨状元用草鞋为穷苦百姓换布鞋的故事从此就传开了。

精华赏析

本文通过描写状元杨慎的智慧和策略，展示了古人对社会公正和平等的追求。杨慎利用自己的聪明才智，设计了一场巧妙的“草鞋换布鞋”的戏码，惩罚了傲慢无礼的县令，并将县令等人的布鞋赠予了没有鞋子穿的穷苦百姓。这一行为体现了杨慎对平民百姓的尊重和关怀，强调了当官应为民做主的理念。

延伸思考

1. 杨慎为什么要想办法让县令穿草鞋？

2. 杨慎采用了什么办法让县令穿草鞋？

3. 县令穿草鞋回去以后，会有什么想法呢？

相关链接

杨慎（1488–1559），字用修，号升庵，四川新都（今成都市新都区）人，明代文学家、学者。正德六年（1511 年）状元及第，授翰林院修撰。世宗时，为经筵讲官。嘉靖三年（1524 年），因大礼议案获罪，谪戍云南永昌卫（今属大理）。他学识广博，工诗文，善词曲，著述多达百余种。

皇家鞋铺

名师导读

一个孤苦无依的老头儿，以做鞋为生，在大年三十晚上却碰到了乾隆皇帝。这两个人之间会发生什么样的故事呢？让我们一起来读读吧！

清代的乾隆皇帝经常到民间微服私访。

读书笔记

这一年的大年三十傍晚，乾隆皇帝脱下龙袍，换上便衣，没有带随从，独自悄悄出了皇宫。他要到三街六巷去看看老百姓是怎样过年的。

他走在大街上，只见家家户户挂彩灯、贴对联、放鞭炮，人人穿新衣、戴新帽……真是一派国泰民安的景象。乾隆打心眼儿里高兴。

乾隆转了几条大街，又进了一条胡同。往前走了一阵，看见一家门口没挂灯，也没贴对联，他觉得奇怪，就上前敲门。一个白发苍苍的老头儿开了门，手里还拿着一只正在纳底儿的鞋。乾隆也没打招呼，就径直走进屋子。①屋子里点着一盏小油灯，那光亮就像萤火虫的

①环境描写 这几句描写鞋铺的环境，反映出老头儿家境贫寒。

光那么微弱。屋子又窄又矮，只能睡下一个人的小炕上放了几双鞋。靠墙放着大大小小的鞋柜，墙上挂着粗粗细细的麻绳。原来，这儿是个鞋铺。

乾隆就在炕边坐下来，问道："老人家，生意兴隆吗？"

老头儿说："咳！我是个孤老头子，开了这个小鞋铺，挣的那俩钱儿也就只够糊个口吧。"老头儿边说边纳着鞋底儿，手就一直没停下。

乾隆又问："过年了，怎么也不歇歇呢？"

老头儿说："订货的人等着明天初一穿着它去拜年呢！"

乾隆接着问："过年了，门上怎么不贴对联呢？"

老头儿就说："倒是买了一张红纸，可是我大字不识一个，自己不会写，又没工夫去求人。算了吧！不贴对联也不能把我隔在旧年。"

乾隆说："你要不嫌弃，我给你写吧！"

"那敢情好！"

老头儿连忙放下手里的活计，到邻居家借来笔墨砚台，研好了墨，又把那张红纸拿来，裁了一副对联、一张横批后，还剩下一截纸。

① 乾隆铺好了红纸，拿起笔，蘸饱墨，唰唰唰地写起来。说话的工夫，就写成了一副对联。上联是"大楦

读书笔记

❶动作描写……"铺""拿""蘸"等动词凸显了乾隆才思敏捷。

注释
嫌弃：厌恶而不愿接近。

读书笔记

头小楦头乒乒乓乓打出穷鬼去”，下联是“粗麻绳细麻绳吱吱嘎嘎拉进财神来”。横批写什么呢？乾隆一时没想出来。

老头儿站在一旁说：“如今是乾隆爷当朝，天下太平，我们老百姓都托皇上的福啊。这横批就写‘天子万年’吧！”

这可乐坏了乾隆，他提笔就在横批上写了“天子万年”四个字。

乾隆写完对联，又看了看那些做好的鞋。老头儿的手艺真好，那鞋做得有模有样，针脚密，云子花也好看。乾隆问道：“就凭你的好手艺，怎么没发财呢？”

老头儿说：“咳！我做的鞋样子好，还耐穿，就是本钱太少，周转不开呀！”

乾隆听了，随身掏出一文钱放在小破桌上说：“我也入个股吧，就入这一文钱的股。”

①老头儿一看，这一文钱连根麻绳都买不来，这算入的哪门子股？可又一想，过年了，图个吉利，便收下了这一文钱，问道：“财东高姓大名？家住哪里？我这儿也好记上个股东账。”

乾隆就拿过写对联剩下的纸，提笔在上面写了几个字，说：“不用细问，这上面写得一清二楚。”说完，辞别了老头儿。

②老头儿拿着那张字条看了一阵，一个字也不认

①心理描写

此处写出了老头儿看到乾隆用一文钱入股后的心理活动，虽然不满意，但仍然认真对待，反映出老头儿的淳朴。

②叙述

老头儿因为不认识字，所以对乾隆写的字条并不在意，这为故事的发展做了铺垫。

识，就把它扔在小破桌上，管他张三李四、山南海北呢！他连夜打了点糨糊，把那副对联和横批贴在门框上。

第二天一大早，朝里有个叫刘墉的大官——就是被老百姓称作刘罗锅儿的那一位，坐着八抬大轿路过这儿，看见这家鞋铺门口的对联，一下子愣住了，心想这不是当今皇上写的吗，连忙吩咐轿夫落轿。

读书笔记

刘罗锅儿下了轿，进了鞋铺，问老头儿这对联是谁写的。老头儿就把昨天晚上的事一五一十地讲了出来，又把那张写有字的纸条拿给他看。只见上面写着“姓乾名隆字老大，紫禁城里有我家”。

刘罗锅儿看完了字条，又问老头儿：“你这鞋铺有字号没有？”

老头儿说：“本小利薄，将就着混碗饭吃，哪儿敢起什么字号！”

刘罗锅儿叫老头儿赶紧找块木板来，提笔就在木板上写了四个大字——皇家鞋铺，并吩咐老头儿赶快挂上。

刘罗锅儿上了轿，进了皇宫。

这时候，满朝文武都来到皇宫给皇帝拜年。刘罗锅儿三呼“万岁”以后，悄声对乾隆说：“祝万岁爷的皇家鞋铺生意兴隆，财源茂盛！”

① 乾隆听了哈哈大笑，立时传下圣旨：“文武百官都到皇家鞋铺做一双新鞋，先交钱，后取货。”

❶神态、语言描写　此处照应上文乾隆用一文钱入股的情节。

这一来，开鞋铺的老头儿就有了花不完的钱，做不完的鞋，真正是遇上了财神。

精华赏析

本文讲述了乾隆皇帝微服私访时为做鞋的老头儿写对联的故事，反映了乾隆对百姓的关心。老头儿对横批的提示，反映了他对乾隆的爱戴。故事说明君民同心，才能天下太平。

延伸思考

1. 乾隆为什么要为做鞋的老头儿写对联？
2. 乾隆用一文钱入股有什么作用？
3. 开鞋铺的老头儿最后的结局怎样？

相关链接

刘墉，字崇如，号石庵，山东诸城人，清代书法家。官至体仁阁大学士。工书，尤长小楷，早年学习董其昌的书法，兼学颜真卿、苏轼及各家法帖，而自称学钟繇。其书用墨厚重，貌丰骨劲，与王文治的淡静相映，有“浓墨宰相，淡墨探花”之誉。能诗，著有《石庵诗集》。

甲金祝寿

名师导读

在这个故事中，一个叫甲金的人给县官祝寿时说县太爷像天狗、像大粪，这明显是骂人的话，甲金是如何解释的呢？让我们一起来读读故事吧！

---

①一天，县官过生日，财主精心准备好寿礼，并叫甲金挑着去县城祝寿。县官收完寿礼就吩咐摆出酒席，七盘八碗九缸钵，鸡鸭鱼肉蛋木耳，把八仙桌摆得满满的，好不丰盛！县官坐上席，叫师爷和财主坐两边。县官端了一杯酒，笑眯眯地说："大家请！"

这时，师爷也端起一杯酒，讨好地说："今天我们为县太爷祝寿，要先说一句祝贺县太爷的话，才能喝酒。"

②财主听了，也谄媚地附和说："对对对！祝寿，祝寿，就是要祝贺几句嘛。"

师爷抢先祝道："县太爷像太阳！"祝完，他连忙解释："县太爷是地方官，我们这地方的白天，全是靠

❶叙述 文章开篇点明故事的起因，交代人物，引出下文。

❷神态、语言描写 此处描写财主巴结县官时的神态、语言，让人顿生厌恶之感。

县太爷的光照亮的呀！”

接着，财主也祝道："县太爷像月亮！”祝完，他也连忙解释："县太爷是地方官，我们这地方的夜晚，全靠县太爷的光照亮呀！”

这时，县太爷见甲金在旁边站着，由于高兴，就对甲金说："来来来，甲金，助个兴，你也来祝贺一句。"

甲金正厌恶师爷和财主的话肉麻，听到县官叫他助兴，也就顺口祝了一句："县太爷像天狗！”

①县官听了，不等甲金解释，就从太师椅上跳起来吼道："甲金，你疯啦！今天是本官的生日，你怎么骂我像天狗？”

❶动作、语言描写 此处细腻地描写了县官听到甲金的祝词后气急败坏的样子。

甲金说："你别急呀，好好坐下来听我解释嘛。师爷说你像太阳，太阳确实了不起；财主说你像月亮，月亮也是了不起的。不过，太阳和月亮都怕天狗，因为天狗吃太阳和月亮啊！所以，我说你像天狗。这样，你不是比太阳和月亮更了不起吗？”

②县官听了，觉得有理，高兴地捋着山羊胡子，咯咯咯地直笑。

❷神态、动作描写 这句话生动形象地写出县官听到甲金的解释后高兴的样子，与上文的暴怒形成鲜明的对比。

酒过三巡，师爷又讨好地说："来来来，再祝贺县太爷一回吧。"说完，他又抢先祝道："县太爷像雨露！”并解释说："县太爷是地方官，我们这地方的庄稼，全得靠县太爷的雨露滋润哪！”

接着，财主也祝道："县太爷像春风！”祝完，他赶紧解释："县太爷是地方官，我们这地方的庄稼，全是县太爷的春风吹绿的啊！"

县官很得意，又叫甲金来助兴。甲金推托不说。师爷和财主为巴结县官都让甲金说，甲金这才又顺口祝了一句："县太爷像大粪！"

不等甲金解释，县官便又从太师椅上跳起来吼道："甲金，今天是本官的生日，你怎么敢骂我像大粪？"

读书笔记

甲金说："你别急呀，还是好好坐下来听我解释嘛。师爷说你像雨露，雨露确实了不起；财主说你像春风，春风也是了不起的。不过，光有雨露和春风，庄稼是不会长好的，还要浇足够的大粪，庄稼才会长得好，五谷才能丰收啊。所以，我说你像大粪。这样，你不是比雨露和春风更了不起吗？"

①县官听了，也觉得有道理，高兴得一边点头称是，一边捋须哈哈大笑。甲金也笑了，他笑这个臭如大粪的县官实在太愚蠢。

①总结全文

甲金对祝词的解释让县官很高兴，反映了县官的愚蠢。文章结尾讽刺意味浓厚。

本文讲述的是甲金为县官祝寿的故事，他的祝词与财主、师爷说的形成鲜明的对比，但甲金聪明地自圆其说。故事讽刺意味浓厚，让人忍俊不禁。

延伸思考

1. 甲金两次祝贺都说了什么？

2. 甲金对自己说的两次祝词是如何解释的？

3. 甲金祝寿的结局如何？

相关链接

讽刺，文艺创作的一种表现手法。用讥讽和嘲讽来揭露、挖苦丑陋的落后事物和荒谬行为。它是喜剧的重要构成因素之一，具有惩戒丑恶的力量。讽刺的生命是真实。作家、艺术家运用这种表现手法抨击生活中消极落后以至腐朽反动的事物，突出它们的矛盾所在和荒唐之处，使其无可隐蔽。

孟姜女的传说

名师导读

孟姜女的丈夫被抓去修长城，为了找回丈夫，孟姜女决定前往修长城的地方。她到底有没有找到她的丈夫呢？让我们一起来读读故事吧！

秦朝的时候，有两户人家住在一块，墙东是孟家，墙西是姜家。多少年了，他们处得跟一家人一样。

这年，墙东孟家种了棵瓜秧，蔓子顺着墙头爬过去，在墙西姜家那边儿结了个挺大的瓜。瓜长得溜光水滑，人见人夸。

读书笔记

秋后，瓜熟了。可是，一个瓜，两户人家怎么分呢？大家只好拿刀把这瓜切开。

瓜切开了，里边没有瓤儿，也没有籽儿，只坐着一个又白又胖的小姑娘，这可乐坏了孟、姜两家人。两家都没有子女，一商量，决定收养小姑娘。

转眼间，小姑娘长到了十多岁。两户人家都不穷，就请了个先生教她念书。念书得起个名啊，叫什么呢？

❶语言描写……

此处交代了孟姜女名字的由来。

①老一辈人说："这是咱们两家的后代，就叫孟姜女吧。"美丽的孟姜女长大成人，成了远近闻名的才女。

这时候，秦始皇正命人修万里长城，整天抓人，百姓苦不堪言。被抓去的，就甭打算活着回家了。这天，衙役去抓一个叫范喜良的人。范喜良吓得逃出了家门。他跑了一阵子，看见一个村子，就逃进了一户人家的后花园，躲在葡萄架底下。

这花园是孟家的。当时啊，正赶上孟姜女带着丫鬟逛花园。孟姜女看见葡萄架底下藏着一个人，可把她吓坏了，"啊呀"一声喊了出来。

"小姐，怎么回事儿啊？"

孟姜女说："不好了，有人藏在这儿！"

丫鬟看见果真有人，刚要叫喊，范喜良赶忙爬出来说："别喊，别喊，救我一命，我是逃难的。"

孟姜女一看，是个青年书生，长得挺好，就让他跟丫鬟回去找父亲了。

孟老伯见了书生，问："你姓什么？叫什么？"

"姓范，叫范喜良。"

"哪儿的人呢？"

"是这村以北的人。"

"为什么逃出来？"

"因为秦始皇修长城抓人，没办法，跑到这儿来了。"

读书笔记

孟老伯一看，小伙儿挺老实，说：“好吧，你在这儿住下吧。”于是，孟家就把范喜良留下了。

过了些日子，孟老伯想，姑娘不小了，该成亲啦，就跟老伴儿商量。孟老伯说：“我看范喜良不错，不如把他招门纳婿得了。”

老伴儿一听，说：“那敢情好！走，跟姜家商量商量去。”孟家跟姜家一商量，姜家也挺乐意。范喜良呢？更不用说了！于是，大家就把这门亲事定下了。

说办就办，两家人择了个日子给两人成亲——摆上酒席，请来亲友宾朋，好吃好喝，闹了一天。

孟家有个仆人，看孟家没儿子，早就惦记上了。他想，将来孟家招门纳婿一定是他的事。可是范喜良来了，他这算盘不就白打了吗？竹篮子打水—— 一场空啊！他气得脸色煞白，眼珠一转，坏主意就来了。他偷偷跑到县官那里报信：“孟家窝藏逃犯范喜良。”

县官一听窝藏逃犯，立马带上衙役就去孟家抓人。

这时候天快黑了，客人也散了，孟姜女和范喜良正准备入洞房呢，就听见鸡飞狗叫。不一会儿，进来一伙衙役，不容分说就把范喜良给抓走了。

孟姜女见丈夫被抓走了，号啕大哭，伤心了好一阵子，但也没办法可想。

① 过了几天，孟姜女跟父母说：“我要去找范郎。”父母一想，同意了，就拿出银子，叫仆人跟着孟姜女出

读书笔记

❶语言描写……

孟姜女决定去寻找范喜良，体现出她的一片深情。

发了。

这个仆人走到半路就换了一副小人嘴脸，他说："范喜良一去准死无活，你看我怎么样？跟着我过吧！"

①孟姜女知道他要使坏，说："好吧，可是咱俩成亲也得找个媒人哪！"

①语言描写……

孟姜女见仆人要使坏，设计应对，体现出她的聪明和镇定。

仆人一想，这会儿可上哪儿找媒人去？孟姜女说："这样吧，你看那山沟里有朵花，你把它摘来，咱俩以花为媒吧。"

仆人心想，孟姜女真是一片诚心哪，立马就答应了。当走到沟边一看，他却犯了愁：山沟那么深，崖壁陡峭，怎么下去呀？孟姜女说："这好办！你是男子汉，有胆量，把捆行李的绳子解下来系在腰上，我拉着，你往下挪，不就行了吗！"

仆人立刻解下绳子系好，由孟姜女拉着一头，自己则心惊胆战地往下挪。这时，孟姜女一撒手，只听咕咚一声，那个坏蛋就掉到山沟下面，摔了个粉身碎骨。

读书笔记

孟姜女顾不得因遭人欺辱而伤心，她收拾收拾，直奔修长城的工地而去。一路上，孟姜女不知经历了多少风霜雪雨，走过了多少险山恶水，但她没有喊过一声苦，没有掉过一滴泪。终于，凭着顽强的毅力，凭着对丈夫深深的爱，她来到了修长城的地方。这时的长城已经是由一个个工地组成的一道很长很长的城墙了。

孟姜女一个工地一个工地地找过去，却始终不见丈夫的踪影。最后她鼓起勇气，向一队正要上工的劳工询问："你们这儿有个叫范喜良的人吗？"

读书笔记

大伙儿说："有这么个人，新来的。"

孟姜女一听，别提有多开心了！她连忙又问："他在哪儿啊？"

"好多天没有看到他了，你们见到了吗？"一个人回答。

"确实好多天没看到他了，应该是死了！"

"唉，这儿累死的、病死的多了去了，都填城墙脚了……"

这个噩耗好似晴天霹雳一般，孟姜女只觉得眼前一黑，一阵心痛，大哭起来。

读书笔记

她哭了整整三天三夜，哭得天昏地暗，连老天都被她感动了。天越来越阴沉，风越来越猛烈，只听哗啦一声，一段长城被哭倒了，露出来的正是范喜良的尸首。孟姜女的眼泪落在范喜良血肉模糊的脸上。她终于见到了自己心爱的丈夫，但范喜良再也看不到他的妻子了。

精华赏析

本文讲述的是孟姜女千里寻夫，但丈夫却因修长城身死的故事。这个故事反映了百姓对封建暴政的痛恨和对自由幸福生活的渴望和追求。

延伸思考

1. 孟姜女是如何与范喜良认识的?

2. 面对仆人的欺辱，孟姜女是如何应对的?

3. 你认为孟姜女是一个怎样的人?

相关链接

秦始皇，即嬴政。战国时秦国君，秦王朝的建立者。公元前247年至前210年在位，建立了中国历史上第一个中央集权的封建国家。分全国为三十六郡，郡下设县；确定皇帝为最高统治者称号，国家一切重大事务由皇帝决定，中央和地方的重要官吏由皇帝任免；统一法律、度量衡、货币和文字；拆毁战国时期各国边邻地区的城防工事，下令统一车轨和道路的宽度，加强了全国的陆路交通；派人开凿灵渠，沟通了湘江和漓江，把今天的长江和珠江两个水系连接起来，促进了水路交通的发展。他派兵北击匈奴，修筑长城，南定百越，设置桂林、南海等郡。这些措施有利于巩固国家统一和推动经济、文化的发展，对后世产生了深远的影响。但他好大喜功，急于求成，统治暴虐，为加强统治，销毁民间兵器，焚烧过去各国史书和民间收藏的诸子书籍，坑杀非议朝政的方士和儒生四百多名。由于他实行专制主义，严刑苛法，租役繁重，加之连年用兵，民众苦不堪言，死后旋即爆发大规模农民起义。

白蛇传说

名师导读

白蛇为了报恩来到人间，她的死对头法海为了寻她报仇也来到了人间。他们之间会发生怎样的故事呢？让我们一起来读读吧！

据说峨眉山是一座仙山。山上古木参天，云雾缭绕，很多生灵在此修炼，取大地之灵气，集日月之精华。

东山峰上，有条白蛇在修炼；西山峰上，有只癞蛤蟆在修炼。他们天天迎着红日，吐出各自的仙丹，来来回回，吞吞吐吐，从不间断。

这天，白蛇和癞蛤蟆都把仙丹吐上了天。两颗仙丹在半空中浮动，如同两个上下翻滚的火球。

①癞蛤蟆看得心里痒痒，生了歹念，想吞掉白蛇的仙丹。

于是，两颗仙丹碰在了一起。可是白蛇的根基比癞蛤蟆深，她一下子就把癞蛤蟆的仙丹吸走了，癞蛤蟆真是偷鸡不成蚀把米。从此，他们两个成了冤家对头。

❶叙述 这两段讲述了癞蛤蟆和白蛇成为死对头的原因，体现出癞蛤蟆的贪婪。

读书笔记

白蛇把癞蛤蟆的仙丹吃下去后，加深了修炼的根基，一下子变成了人形。而癞蛤蟆没了仙丹，不能在这里修炼，就逃到了西天佛国。

佛祖在西天佛国讲经说法，这癞蛤蟆藏在大殿底下的阴沟洞里，装成老实敦厚的样子，靠吃烂菜馊饭度日，日日偷听佛祖讲经。

转眼间，癞蛤蟆在阴沟洞里修炼了数千年。一天，佛祖正在给众罗汉讲经说法，忽然不讲了，说："佛堂之上，怎么会有股怪味儿呢？"

癞蛤蟆一听，忙不迭地从阴沟里爬了出来，朝佛堂上一跪，连喊："佛祖饶命！佛祖饶命！"

众罗汉一看，哈哈大笑，原来是一只木盆大的癞蛤蟆，身上凹凸不平长满了疙瘩。

❶语言描写……佛祖被癞蛤蟆的表象欺骗，以为他一心向佛。

[1]佛祖说："念你在这里安分守己，如今派你到东土去，镇江金山寺正缺个当家的和尚。"

说完，佛祖指着癞蛤蟆说声："变！"顿时，癞蛤蟆变成一个又黑又丑的大和尚。

"佛法广大，普度众生，若生歹念，苦海无边。赐你一个法号，就叫'法海'吧！"

法海跪在地上一动不动。

"法海，你还有什么要求啊？"

注释
一动不动：指静止不动。

①“求佛祖赐宝。”

“你这个鬼精灵！好吧，赐你三样法宝：风火禅杖、紫金钵和袈裟。”

“谢谢佛祖！”

法海领了三样法宝，便去金山寺做当家和尚了。其实，癞蛤蟆是假装老实，他骗走佛祖三样宝贝，溜到人间找白蛇报私仇去了。

再说白蛇拜骊山老母为师，跟师父又修炼了数千年。

一天，骊山老母告诉白蛇：②“徒儿，你和许仙有姻缘之分，至今未了。快去人间报答他救你性命并养育你三年之恩，他就住在西湖边上。”

“徒儿遵命。”

骊山老母喊来青蛇：“青儿，派你下山，保护白儿。她当姐姐，你当妹妹。”

白蛇和青蛇就结拜为姐妹，一个化名白素贞，一个化名小青，两人打扮成一主一仆下山去了。

白娘子带着小青赶到杭州城，找到许仙，和他结成了一对恩爱夫妻。后来，他们迁居到镇江，开了家名叫“保和堂”的药店。两人恩恩爱爱，日子过得甜甜蜜蜜。

当时，镇江正闹瘟疫，很多人都得了急症。一天，许仙愁眉苦脸地跟白娘子说：“外面闹瘟疫，急等药用，店里药不多了，怎么办？”白娘子想了想，

❶语言描写……

癞蛤蟆求佛祖赐宝物，体现出他的狡猾和贪婪。

❷语言描写……

白蛇将去人间报恩，推动故事情节的发展。

读书笔记

说："我倒认识草药，我明天到山上采药去，好解救百姓。"

第二天，白娘子驾云飞到百草山，很快采满了一篓子草药。随后，保和堂的门口摆起了大缸，装满了汤药，治好了很多人的疾病，救了不少人的性命。

[1] 谁知道，这件事触怒了金山寺的长老法海和尚。为什么呢？原来，之前百姓有病，总跑到金山寺找法海和尚画个符，念个咒，弄点什么"灵丹妙药"，少不得要给香火钱的。不想如今大家有了病都往保和堂跑，香火钱收不到了，他能不恨吗？再一细打听，原来这件事是冤家对头白蛇做的，他更恨了。他闭着双眼，捻着佛珠，下了狠心，想出一条毒计。

1 解释说明 ……
这几句讲述了白娘子救人却触怒法海的原因，体现出法海的贪婪。

这天，到了五更，白娘子去采草药了。许仙刚刚关好门，只听见外头笃笃笃的，传来了敲木鱼的声音。许仙把门一开，看见一个老和尚盘膝坐在门口。

许仙便笑笑说："老禅师，大清早的化什么缘？"

法海慢慢睁开眼，一对眼珠子在许仙的脸上直打转，说："施主，老僧看你脸上有妖气！"

许仙不解："老禅师，此话怎讲？"

"施主，此地不是说话处，明日到金山寺找贫僧。"法海说着站了起来，"这事上不能告诉父母，下不能告诉妻子儿女，不然可要受五雷轰顶之灾啊！"法海说完，敲着木鱼向金山寺方向走去。

读书笔记

①第二天，许仙从金山寺回来后，一直闷闷不乐，本来恩爱的夫妻变得不和谐了。

农历五月，端午节到了，家家户户门上插菖蒲艾草，人人喝点雄黄酒，辟辟蛇虫百脚和邪气。小青根基差，白娘子怕她被雄黄酒伤到，叫她躲进了深山。

中午，许仙死缠硬拉，一定要白娘子陪他喝雄黄酒。为什么呢？原来，那日法海在金山寺一口咬定白娘子是蛇妖，还告诉许仙要白娘子端午节喝雄黄酒——她要是喝了，就会现出原形来。许仙一直对此抱有疑惑，所以端午节他想试试。

白娘子晓得许仙硬拉她喝雄黄酒是法海的诡计，就不肯喝。许仙一看，这不是应了法海的话吗？他脸色一沉，说："你我如是真夫妻，你就喝了它！"

②这样一说，白娘子为难了。不喝吧，相公心里怀疑，就中了法海的奸计；喝吧，自己要是现了形，也中了法海的计。怎么办？她倚仗自己根基好，苦笑了一下，勉勉强强喝了半杯。

雄黄酒酒性、药性一并发作，白娘子心里着实难过，她跟许仙说："相公，我头有点晕。"

❶叙述

法海的话起作用了，许仙对白娘子的态度发生了转变。

❷心理描写

这一段展现出白娘子内心的矛盾。为了让丈夫相信自己，她只能喝下雄黄酒。

注释

雄黄酒：雄黄是一种矿物，主要成分为硫化砷，可用于制农药、染料等，可入药。旧俗端午节时于酒中加少量雄黄粉末，认为饮用后可驱虫祛病，但雄黄其实有毒，现代科学研究表明，雄黄酒外用尚可，饮则有害，故今已不再饮雄黄酒。

“那你就上床躺躺吧！”

白娘子躺在了床上。过了一会儿，许仙想看看白娘子的情况，便把半边帐子一掀，只见一条白蛇挂在帐沿下面。顿时，许仙脸色煞白，咚的一声倒地，昏死过去了。

午时一过，白娘子醒了。她一看许仙死了，晓得他是被自己吓的，哭得死去活来。这时，小青躲过午时也回来了。

❶语言描写……

为了救许仙的性命，白娘子决定舍命盗仙草，体现了她的忠贞勇敢。

①白娘子对小青说：“如今要救许郎的性命，只能到昆仑山上去盗仙草，就是不晓得能不能回来。现在拜托妹妹一件事——许郎请你照应着，如果我第七天还没回来，恐怕就死在那里了。”

白娘子驾了白云，越过了九十九座山，跨过了九十九条河，从昆仑山取来了能够起死回生的灵芝草救活了许仙。

俗话说：“菩萨面，蝎子心。”许仙刚刚病好，法海又花言巧语把他骗上金山寺，藏了起来。这下可急坏了白娘子。

❷动作、语言描写

小青的动作和言语充分展现了她疾恶如仇的个性。

②小青跺着脚，说：“姐姐，法海欺人太甚！走，我们上山找他要人。如若不给，就杀他个鸡犬不留。”白娘子一想，事到如今，也只好上门要人了，不过还是先礼后兵的好。

白娘子站在船头点篙，小青站在船艄摇橹。小船迎着浪头向前，直到金山寺门前。

法海站在山顶上，手执禅杖，早叫小和尚把寺庙守得如金城汤池。白娘子一见法海，客气地说："长老，我和许仙是结发夫妻，如今我已怀孕六月，家中无人照料，请放他回家……"

白娘子好说歹说，法海就是不答应，还指着白娘子骂道："你这个孽畜，本是深山一个妖精，怎能和许仙成婚？这里是佛门净地，怎容你胡闹？阿弥陀佛！"

小青一听，气得眼冒金星，没容法海把话讲完，抢上一步，大声骂道："这是什么佛门净地？你放着经书不念，伤天害理，拆散人家夫妻。今日你若不把许仙交还我姐姐，我小青定要割下你这颗秃头！"

①法海气急败坏，提起袈裟，把禅杖举了举，面露凶相，喊了起来："阿弥陀佛！你们这两条蛇精，胆敢胡言乱语，兴风作浪，可不要怪我法海手下不留情！"

白娘子肺都气炸了。她站在船头，对着东、西、南、北各方拜了一拜，说道："各路龙王师兄，想我白素贞和许仙真心相爱，不料法海一直从中挑拨，现又威逼许仙修行。今天不为别事，只求夫妻团聚，请各位师兄帮忙！"说完，向四方恭恭敬敬地磕了响头，运起法来。

②一时间，乌云翻滚，狂风四起，白浪滔天，江水哗哗直涨。东海的水、南海的水、西海的水、北海的水，一齐都往这儿涌来。四海的水汇聚到一起，一浪高过一浪，那声音如同山呼海啸。白浪滔滔的江面

读书笔记

❶动作、语言描写 法海的动作和语言暴露出他的本性，体现了他的凶狠、残忍。

❷场景描写 ……"乌云翻滚""狂风四起""白浪滔天""声音如同山呼海啸"等生动形象地展现了场面的宏大和斗法的激烈，将故事情节发展推向高潮。

上，东边蹦跳着一排排扁担大的湖虾，撅起来有丈把高；西边屈尾伸头的是一队队圆桌大的鱼精鳖怪，都碰到金山寺门边儿了；南边手舞刀剑的蚌精站在一个个磨盘大的蚌壳上；北边一团团的螃蟹横着身子直往金山寺爬……

但是，白娘子、小青和众水族都没能敌住法海的法宝。那和尚用钵摄住白娘子，并将她镇在了杭州西湖雷峰塔底下。小青则回到雁荡山中修炼功夫，发誓三年过后再见分晓。

❶叙述

小青潜心修炼，每三年去找法海斗法，要为白娘子报仇。这充分展现出小青对姐姐的一片真情。

[1] 三年过去了，小青来找法海，没打过他，又回到雁荡山苦练功夫。

又过了三年，小青还是打不过法海，仍回到雁荡山苦练功夫。

再过了三年，小青的功夫更深了，她打败了法海，可惜一时疏忽让他逃走了。

到了第十二个年头，小青带了一把青龙剑下了雁荡山。她第一天到雷峰塔祭拜了白娘子，第二天就到了镇江金山寺。

读书笔记

法海知道小青又寻上门来，马上叫小和尚关上寺门，贴上符，带了一班大和尚在佛殿里设了法坛，一齐念经，想叫小青进不来。但小青已不是当年的小青蛇了，她跳过院墙，到了大殿前面。

法海没地方躲藏，只好拿了禅杖迎战。禅杖一碰到青龙剑，他便被震得浑身发麻，再打几下，他拖了禅杖就往寺门外面逃跑。

法海逃得快，小青追得紧。法海想了一个脱身的办法：他绕着树林子跑，一闪身变成一棵树。小青一下就识破了，她举起青龙剑往树上砍。法海马上现了身，逃下金山寺。金山寺的山脚下便是长江，江边没有桥也没有船，法海急了。突然，他看见一只螃蟹在岸边，他念了几句咒语，缩身躲到蟹壳里。小青追过来，又识破了法海的伎俩。她想：你既然把姐姐镇在雷峰塔下，我也把你镇在这蟹壳里。于是她就用青龙剑在蟹壳上面画了几道符。法海在蟹壳里叽咕叽咕念着经，拼命想出来，但是蟹壳上被小青画了符，他怎么念也出不来。小青报了仇，就回雁荡山去了。

我们常常看到蟹嘴里吐泡沫，据说那就是法海在念经；螃蟹的壳上有好多道痕迹，那就是小青画的符。

读书笔记

本文讲述的是白娘子来到人间报恩，法海却来与她作对，最后白娘子被镇在雷峰塔下，而法海也遭到应有的惩罚的故事。白娘子虽然是妖，但是重情重义，她来到人间报恩，对许仙情深义重。为了救活许仙，她冒死盗仙草，感人至深；她采草药，治病救人，又充分体现了她的善良。

延伸思考

1. 法海为什么恨白娘子?

2. 法海的下场是怎样的?

相关链接

《白蛇传说》被誉为我国古代四大民间传说之一，其故事流变跨越了多个世纪，存在许多版本，展现了丰富的文化内涵和社会变迁。传说产生于宋代，明代以后出现了说唱、小说一类的作品。明代冯梦龙所著的《警世通言》中即有《白娘子永镇雷峰塔》。清初出现的《雷峰塔传奇》一改白娘子的妖气，突出了她热烈追求爱情的勇敢性格。民国时期的小说《白蛇传前后集》中已出现了法海前世是蛤蟆精的描述，这一情节被后来的一些影视、戏曲作品所采纳和改编。

牛郎织女

名师导读

农历七月初七是牛郎和织女相会的日子，他们为什么会分离呢？请看下面的故事吧！

很久以前，南阳城西有个牛家庄。庄里有个小伙子叫牛郎，他父母死得早，只好跟哥哥嫂子过日子。牛郎的嫂子很刻薄，她夺走了家里所有的钱财和土地，只分给牛郎一辆破破烂烂的牛车和他当初捡到的一头受伤的老牛。

牛郎在山脚下搭了间房子，开垦了一片荒地，就这么住下来了。

一天，牛郎正在田里耕地，老牛忽然开口说话了："牛郎，今天会有几位仙女在碧莲池沐浴。你把一件红衣衫藏起来，那件衣衫的主人就会成为你的妻子。"牛郎吓了一跳，说："老牛，是你在和我说话吗？"老牛点了点头。①原来，这头老牛本是金牛大仙，因为触犯天条被贬下天庭，摔坏了腿，还差点饿死，幸好得到牛

读书笔记

①解释说明……

牛郎所救的老牛原本是金牛大仙，它现在要报答牛郎的救命之恩，这从侧面反映了牛郎的善良和淳朴。

郎的照顾才活了下来，现在它要报答牛郎。

牛郎听了老牛的话，到碧莲池边躲着。果然，不久后便来了一群美丽的仙女。她们脱掉衣衫，到碧莲池中沐浴去了。牛郎按照老牛说的做了。仙女们听到声响，穿上衣衫飞走了，只有红衣衫的主人——织女躲在水里不敢出来。牛郎觉得自己这么做太过分了，赶紧把衣衫还给了织女。他们就这样认识了。后来你来我往，二人产生了情愫，彼此爱慕，便结成了夫妻。从此，他们男耕女织，生活得很幸福。

读书笔记

过了几年，他们生了一儿一女，一家人过得开心极了。

一天，天空突然间乌云密布，狂风大作，雷电交加，织女不见了，两个孩子哭个不停，牛郎急得不知如何是好。正着急时，乌云又突然全散了，外面变得风和日丽，织女也回到了家中，但她的脸上却满是愁云。

②动作、语言描写 这段话交代了织女的身份，推动了故事情节的发展。

① 只见她轻轻地拉住牛郎，又把两个孩子揽入怀中，说道："我是王母娘娘的外孙女儿。现在，天宫来人要把我接回去了，你们自己多多保重！"说罢，泪如雨下，腾云而去。

牛郎搂着两个年幼的孩子，欲哭无泪，呆呆地站了半天。

"不行，我不能让妻子就这样离我而去，我不能让孩子就这样失去母亲。我要去找她，我一定要把织女找回来！"

①这时，那头老牛又开口了："别难过！你将我杀了，把我的皮披上，再编两个箩筐装着两个孩子，就可以上天宫去找织女了。"

❶语言描写…… 老牛给牛郎出主意，体现出老牛的忠诚和自我牺牲精神。

牛郎说什么也不愿意这样对待这个陪伴了自己十多年的伙伴。老牛深知牛郎善良，便自己撞树而死。牛郎十分悲痛，但又没有别的办法，只得忍着痛、含着泪照老牛的话去做了。

到了天宫，王母娘娘不愿认牛郎这个人间的外孙女婿，不想让织女出来见他。于是她找来七个蒙着面、高矮胖瘦一模一样的女子，对牛郎说："你认吧，认对了就让你们见面。"

牛郎一看傻了眼，怀中两个孩子却欢蹦乱跳地奔向自己的母亲。原来，母子之间的血缘关系是什么也无法阻隔的！

王母娘娘没办法了，但她还是不甘心织女再回到人间，于是就下令把织女带走。②牛郎急了，牵着两个孩子赶紧追上去，他们跑累了也不肯停歇，跌倒了爬起来继续追，眼看就快追上了……王母娘娘情急之下拔出头上的金簪一划，在他们中间划出了一道宽宽的银河。

❷动作描写…… "跑累了也不肯停歇，跌倒了爬起来继续追"充分展现了牛郎和孩子们想追回织女的急切心情。

从此，牛郎和织女只能站在银河的两岸，遥遥相望。而到了每年农历的七月初七，会有成千上万只喜鹊飞来，在银河上架起一座长长的鹊桥，让牛郎、织女一家团聚。

精华赏析

本文讲述的是牛郎和织女真心相爱，却因身份有别而被迫分离的故事。这个故事展现了牛郎与织女之间坚贞不渝的爱情，歌颂了劳动人民反对封建专制者的压迫、追求自由和幸福生活的精神。

延伸思考

1. 织女是什么人？

2. 王母娘娘用什么将牛郎和织女分隔开来？

相关链接

牛郎和织女是神话人物，从星名衍化而来。原说织女为天帝孙女，故也称天孙。她常年织造云锦，自嫁给河西牛郎后，织乃中断。天帝大怒，责令她与牛郎分离，只准每年七夕相会一次。故事初见于《古诗十九首》，至宗懔《荆楚岁时记》，内容有所发展。《风俗通》佚文又记织女会牛郎时，乌鹊于天河上为之搭桥，名为“鹊桥”。

梁山伯与祝英台

名师导读

《梁山伯与祝英台》是中国四大民间传说之一，讲述了一个非常凄美动人的爱情故事……

从前有个姓祝的地主，人称祝员外。他的女儿祝英台不仅美丽大方，而且非常聪明好学。但由于古时候女子不能进学堂读书，祝英台只好日日倚在窗栏上，望着大街上背着书箱来来往往的读书人，心里羡慕极了！难道女子只能在家里绣花吗？为什么不能去上学？[1]她突然反问自己：对啊！我为什么就不能去上学呢？

❶心理描写 …… 祝英台勇于反抗封建思想对女性的束缚，想进学堂学习，非常有勇气。

想到这儿，祝英台赶紧去到父母房间，鼓起勇气请求父母："爹、娘，我要去读书。我可以穿男子的衣服，扮成男子的模样，一定不让别人认出来，你们就答应我吧！"祝员外夫妇开始不同意，但经不住祝英台撒娇哀求，只好答应了。

第二天清早，天刚蒙蒙亮，祝英台就和丫鬟扮成男子，辞别父母，带着书箱，兴高采烈地出发了。

在学堂求学的日子里，祝英台遇见了一个叫梁山伯的男同学，他不仅学问出众，人品也十分优秀。她想：这么优秀的人，要是能天天跟他在一起，一定会学到很多东西。而梁山伯也觉得与她很投缘，有一种一见如故的感觉。于是，①他们常常待在一起，诗呀文呀交谈甚欢，冷呀热呀相互关心。后来，两人结拜为兄弟，更是时时刻刻形影不离。

①叙述 祝英台与梁山伯在学堂中相识，两人相见恨晚，情谊深厚，为下文故事的发展做了铺垫。

春去秋来，一晃三年过去了，学期已满，该是打点行装、拜别老师、返回家乡的时候了。同窗共烛整三载，祝英台已经深深爱上了她的梁兄；而梁山伯虽不知祝英台是女生，但也对她十分欣赏。他俩依依不舍地分了手，回到家后都日夜思念着对方。

几个月后，梁山伯前往祝家拜访，结果令他又惊又喜。原来，这时他见到的祝英台，已不再是那个清秀的小书生，而是一位年轻美貌的大姑娘。再见的那一刻，他们都明白彼此之间早已是心心相印。此后，梁山伯请人到祝家去求亲。可祝员外哪会看得上这穷书生呢？他早已把女儿许配给了有钱人家的少爷马公子。梁山伯顿觉万念俱灰，一病不起，没多久就病死了。临死之前，他让家人在他死后把他埋在祝家通往马家的路边。

读书笔记

听到梁山伯去世的消息，一直与父母抗争以反对包办婚姻的祝英台突然变得异常镇静，同意了这门婚事。

马家迎亲的日子到了，花轿到了祝家门口，祝英台套上红衣红裙，坐进了迎亲的花轿。迎亲的队伍一路敲锣打鼓，好不热闹！路过梁山伯的坟前时，狂风骤起，飞沙走石，花轿不得不停了下来。只见祝英台走出轿来，脱去红装，一身素服，缓缓地走到坟前，跪下来放声大哭。霎时风雨交加，雷声大作，轰的一声，坟墓裂开了。祝英台似乎又见到了梁兄那温柔的面庞，她微笑着纵身跳了进去。

读书笔记

接着又是一声巨响，坟墓合上了。这时，风消云散，雨过天晴，野花在风中轻轻地摇曳，一对美丽的蝴蝶从坟头飞出来，在阳光下翩翩起舞。

精华赏析

本文讲述的是梁山伯和祝英台在求学期间互相帮助、互相了解，求学结束后相恋却不被家人理解的故事。文章对封建礼教进行了控诉，反映了人民反封建的思想以及对这一爱情悲剧的深切同情。

延伸思考

1. 祝英台是一个怎样的女子？

2. 祝员外为什么不喜欢梁山伯？

相关链接

小提琴协奏曲《梁山伯与祝英台》由何占豪和陈钢作曲，他们巧妙地将中国传统民间故事与西方小提琴协奏曲相结合，创造出了这部具有独特魅力的音乐作品。作品通过动人的旋律和深刻的情感，讲述了梁山伯与祝英台之间忠贞不渝的爱情故事，成为中国音乐史上的经典之作。

秧状元

名师导读

人们常说："三百六十行，行行出状元。"今天我们就讲一个"秧状元智斗州官"的故事。

很久以前，广德出了一个秧状元。

❶叙述 文章开门见山，写"秧状元"得名的原因，引出下文。

① 秧状元是一个淳朴的农民，他家世世代代都是种田的，祖祖辈辈都是种庄稼的能手。而秧状元呢，比他的祖先做得更出色，特别是插秧，又快又好，十里八乡的庄稼人都赶不上他，所以大家送了他一个"秧状元"的外号。一传十，十传百，秧状元的名气越来越大，越传越远，他的真名叫什么反而没有人知道了。

这一年，新来了一个州官(那时是广德州)。广德州号称"望城十万"(即望见城墙就有十万两银子的油水)，但是这个州官一上任就遇上了大旱，老百姓连吃的都没有，哪儿有钱孝敬他？本想到广德州来捞钱的州官老爷正一肚子火没处发作，又听到人们传说秧状元的名号，勃然大怒，拍着桌子大骂道："哪儿来的种田

读书笔记

汉，胆敢自称‘状元’，简直是大逆不道，图谋不轨！赶快把他抓来见我！”

州官一发火，衙役们怎敢怠慢，急忙把秧状元给抓来了。① 州官斜着眼睛，扫了秧状元一眼。只见秧状元赤着一双脚，裤腿儿卷得高高的，一点儿也不害怕。州官把惊堂木一拍，喝道：“你这个泥腿子，就是自封状元的刁民吗？”

秧状元理直气壮地答道：“我没有自封状元，乡亲们都喊我‘秧状元’，我也不能阻止他们呀！”

“胡说！”州官又把惊堂木一拍，“本官只知道当今皇上御封的文状元、武状元，你有什么本事，也敢叫状元！分明是这一州的刁民别有用心！”

州官的话头一转，显然是想把罪名加在全州百姓头上，借故敲诈。

当时，本地有一位很有名望的白胡子老头儿，遇见衙役无端地抓走秧状元，也跟着来到衙门。他听州官的话音是想借秧状元整治百姓，于是连忙跪下解释：“‘秧状元’确实是大家叫起来的……”

“住口！”州官很不耐烦地打断了老人的话，“他有什么本事配得上称‘状元’？难道你不知道朝廷封的文状元满腹经纶，武状元武艺高超吗？会种田有什么稀奇？”

② 白胡子老头儿忙回道：“启禀大人，自古道：‘三百六十行，行行出状元。’秧状元插秧是天下第一能手，

❶动作、语言描写 这几句细致地刻画了州官在大堂上审问秧状元时的情景，体现出州官作威作福，欺压百姓。

❷语言描写…… 白胡子老头儿在回答州官的问题时引用了俗语，很好地说明了秧状元名字的由来。

可称得上‘状元’。大人不信，可当面考试。”

“嘿嘿嘿！”州官奸笑了一阵，向秧状元问道，“你插秧有何妙法，能称‘状元’？”

秧状元听了，不慌不忙地念了四句：“撮撮都是八棵秧，横竖八寸对成行，大人绕田走一圈，我能插秧一长趟。”

❶神态、语言描写 州官对秧状元说的话并不相信，他用言语相逼，已露杀机。

①“什么？”州官惊得眼睛都鼓出来了，“此话当真？哼！欺骗父母官，可是杀头之罪，你知道吗？”

秧状元满不在乎地说：“我若是不能，甘愿领罪；若是我真能如此，又怎样呢？”

“要是你真有这么大的本事，我给你立一座牌坊。”州官根本不相信有这样的事，暗自高兴，说起了大话，最后还补上一句，“嘿，要是做不到，不但你要被杀头，就连全州百姓都会被定罪。现在，马上下田！”

读书笔记

一声令下，衙役们急忙备轿，州官亲自打道前往东城外选了一块大田，当场“开考”。这个消息立刻轰动全城，男女老少一齐拥出城去看热闹，大家都替秧状元捏了一把汗。

考试开始了！州官大人撩起袍子，使出全身力气以自己最快的速度顺着田埂跑了起来。他跑了三条半田埂，已经上气不接下气了。这时，围在大田四周看热闹的人们轰雷似的响起了一片叫好声。原来，秧状元的一趟秧已插到头儿了，他正笑嘻嘻地等待着州官呢！

这时，州官又气又累，脸涨得通红。①他连忙吩咐几个亲信拿着尺子下田去量，量来量去，结果一点儿不差：行距、株距都是八寸，横竖成行，像线牵的一样。州官更急了，吼了一声，把秧一撮撮拔起来，当面点棵数。一趟秧点了一半儿，每一撮都是八棵秧，一棵不多，一棵不少。州官一下子泄了气，但是他还不死心，一定坚持把秧全都拔完，亲自仔细地数。突然州官狂笑了起来，高举起一撮秧，叫道："嘿！这不是九棵么！"这样一来，把周围的人都惊呆了。

哪知道秧状元却神色自若地说："请大人再仔细看看。"

州官忍住了怒气，把那一撮秧送到秧状元的鼻子尖下说："这明明是九棵，难道我数错了吗？"

秧状元瞟了一眼，微笑道："大人，这九棵里面有一棵是稗子！"话音刚落，周围响起了一片笑声。秧、稗不分的州官当众出丑，让大家很开心。

老百姓越是高兴，州官大人越是窘得厉害，为了挽回面子，他硬着头皮继续数。嗬！拔到最后一撮秧，州官脸上的肉又跳了一下，似乎又在笑，他叫道："哈哈！这一撮又是九棵，难道又有一棵稗子不成？"

秧状元看都没有看，说："大人，这虽然是九棵，

①叙述

州官让亲信去量尺寸，丝毫不差，像线牵的一样，照应上文秧状元说的话，表现了秧状元插秧技术的高超。

读书笔记

注释

神色自若：神情脸色毫无异样，形容在异常情况下态度镇定，神情不变。

可是其中一棵没有根，怎么活呢？”

这时，老百姓更乐了，笑得也更欢了。

①州官呆了半晌，无话可说。他本想借此机会要点威风，在老百姓身上榨点油水，想不到自讨没趣。

①神态描写……这句话表明州官数完秧状元插的秧后，发现自己的阴谋不能得逞，非常沮丧。

在上千双眼睛的监视下，州官无法赖掉刚才在公堂上讲的话，只得给秧状元建了一座石牌坊。可是州官还是怀恨在心，在牌坊上既不题秧状元的名字，也不写事迹和年月。但这又有什么关系呢？老百姓世世代代都知道这牌坊是“秧状元坊”。

现在那座牌坊虽然不在了，但是在插秧的时候，大家还是会津津有味地讲述秧状元的故事呢。

本文讲述了一个被人们称为“秧状元”的淳朴农民凭借自己的智慧和勇气，完成了贪婪的州官设下的“考试”，并让其当众出丑的故事。秧状元插秧技艺精湛，远近闻名，而这一技艺并非天生的，是他通过长期的劳作练习得来的，这充分体现了他的勤奋和坚毅。面对州官的百般刁难和州官欲给全州百姓加罪的企图，秧状元沉着应对，充分体现了他的聪明与正直。

延伸思考

1. 为什么州官听到人们传说“秧状元”的名号后勃然大怒？

2. 州官公开测试秧状元，谁赢了？

3. 州官最后兑现他为秧状元立牌坊的诺言了吗？

相关链接

秧苗与稗草，是田间常见之物。秧苗是人们精心培育的水稻幼苗，其叶宽而绿，茎秆粗壮，生长缓慢而稳健，承载着丰收的希望。而稗草则为田间杂草，叶片较细长，生长迅速，繁殖力强，与秧苗争光争肥，会影响作物生长。

嫦娥奔月

名师导读

看过电视剧《西游记》的小读者们都知道剧中有个美丽的嫦娥仙子，但大家知道嫦娥是如何飞到月亮上去的吗？让我们一起来读读故事吧！

---

❶叙述

文章开篇交代故事的背景，为下文后羿的出场做铺垫。

[①] 相传远古时候，天上出现了十个太阳，烤得大地冒烟，大海干涸，老百姓无法生活下去了。这时候出现了一个叫后羿的英雄，他决心帮助人们除去多余的太阳。于是，他登上昆仑山顶，运足神力，拉开神弓，一口气射下了多余的九个太阳。

后羿立下盖世神功，受到百姓的尊重和爱戴，不少志士慕名前来拜师学艺。奸诈狡猾、心术不正的逄蒙也混进了学艺者的队伍。

不久，后羿娶了美丽、善良的嫦娥为妻。夫妻俩相亲相爱，后羿平时除了向众徒传授技艺，其余时间都陪伴在妻子左右。人们都非常羡慕这对郎才女貌的恩爱夫妻。

有一天，后羿到昆仑山访友求道，正好神仙西王母住在这里，便向西王母求了一包长生不死药。据说，无论是谁，只要服下此药，就能即刻升天成仙。

读书笔记

然而，后羿不忍心撇下妻子独自成仙，就将长生不死药交给嫦娥保管。嫦娥将药小心藏进梳妆台的宝匣内，却不料被逄蒙看见了。

三天后，后羿率众徒外出狩猎，心怀鬼胎的逄蒙假装生病留了下来。待后羿率众人走后，逄蒙便手持宝剑闯入内宅，威逼嫦娥交出长生不死药。①嫦娥知道自己难以阻止逄蒙的恶行，又不想让这种奸诈小人抢走仙药以后祸害百姓，情急之下，她打开宝匣，拿出长生不死药，一口吞了下去。嫦娥吞下药后，身子立即飘离地面，冲出窗外，向天上飞去。由于嫦娥牵挂着丈夫，便飞落到离人间最近的月亮上成了仙。

❶心理、动作描写

一个“吞”字生动地写出了当时情势的紧急。

傍晚，后羿回到家，侍女们向他哭诉了白天发生的事。后羿既惊又怒，拔剑便去杀恶徒，却发现逄蒙早逃走了。悲痛欲绝的后羿仰望着夜空，不停地呼唤着爱妻的名字。这时，他惊奇地发现，晚上的月亮格外皎洁明亮，而且上面晃动的身影酷似嫦娥。后羿急忙派人在嫦娥喜爱的后花园里摆上香案，放上她平时最爱吃的蜜食鲜果，遥拜月宫里眷恋着自己的嫦娥。

读书笔记

百姓闻知嫦娥奔月成仙的消息后纷纷在月下摆设香案，向善良的嫦娥祈求吉祥平安。

从此，中秋节拜月的风俗便在民间流传开来。每年中秋节晚上，家家都要摆上月饼和水果，欢欢喜喜地团聚在一起赏月。

精华赏析

本文以平实的笔墨叙述了嫦娥成仙的故事。为了防止奸人得到仙药后祸害百姓，嫦娥在情急之下吞下长生不死药，孤身奔月，与自己心爱之人永远分离，不能相见，这充分体现了她的善良和无私奉献的精神。

延伸思考

1. 天上多余的九个太阳是谁射下来的？

2. 后羿的长生不死药是如何得来的？

3. 嫦娥为什么吞下了长生不死药？

相关链接

中秋节，又称团圆节，时在农历八月十五。每逢中秋佳节，人们便会赏月、吃月饼、饮桂花酒……中秋节已被列入首批国家级非物质文化遗产名录，与清明节、端午节、春节并称为中国四大传统节日。它以月之圆兆人之团圆，寄托着人们思念故乡、思念亲人的深情，承载着人们对丰收、幸福的祈盼。

长生果

名师导读

花生曾被人们称作长生果，它具有很高的营养价值，可滋养补益。那么“长生果”这个名字是如何得来的呢？原来这和岳飞有关系，让我们看一看这究竟是怎么一回事吧。

相传在南宋年间，抗金名将岳飞率领岳家军与金兵主帅金兀术大战于朱仙镇牛头山下。

岳家军仗义怀仁，深得民心，愈战愈勇，节节取胜。不料，①由于进军神速，粮草一时供给不上，人吃马喂都没了着落。而附近村庄里的粮草，早被金兀术抢得一干二净。岳家军的将士们已经三天没能吃上一顿饱饭了。岳飞派出十路探马去接应运送粮草的常胜国将军，没想到全都一去无回。将士们饿着肚子怎么冲锋陷阵呢？作为全军主帅的岳飞心急如焚。

❶叙述 岳家军进军神速，但粮草供应不上，将士们三天没能吃上饱饭，说明形势非常危急。

这天，岳飞走出驻扎的大殿，到庙门外向远方眺望。但他望来望去，只见着蓝天、绿树、灰屋和黄土，就是不见常胜国他们的身影。岳飞情不自禁地在石阶上跺了一脚，仰天长叹道："常胜国啊，常胜国，快回来呀！"他话音刚落，只见天色骤变，风起云涌，接着哗啦啦地下起"大雨"来了。岳飞定睛一看，那自天而降的却不是雨点，也不是冰雹，而是一颗颗拇指大的黄澄澄的长圆形东西。[1]岳飞抓起几颗摇了摇，里边直响；剥开麻沙沙的外壳，立即滚出椭圆形的果实来，少者一粒，多者两三粒。他用手将粉红色的薄皮搓掉。嘿！里面是白生生、饱盈盈的椭圆豆，两瓣合拢，香气扑鼻，闻着生津，诱人肠胃。

❶细节描写……
此处通过描写岳飞剥长生果的一系列动作，向读者生动地展现了长生果的内部结构。

岳飞正想尝尝，只见一群将士边走边嚼，边说边笑，前来向岳飞报告："元帅，这东西很好吃，又顶饥，又解渴。"

一个老兵笑道："我活了一把年纪了，冰雪雨露，淡霜浓雾，见过下鱼、下钱，就是没见过下这玩意儿！这是什么呀？"一时谁也说不出名字来。

读书笔记

这时候，那些守卫庙宇的士兵把岳飞呼唤常胜国的事讲述了一遍。大家听后，连连叫奇，伸出大拇指，称赞岳飞真神，呼来了满地的果子。

又有人报告，说这种果子遍落我军阵地，而金兵占据的地面上一颗也没有。岳飞一听大喜，下令道："我军将士要节约食用，盈余之果，分给附近的村民。"

传令兵正要转身离去，忽然停住脚步问道："元帅，此为何果？"

岳飞笑望左右，正不知怎样回答时，①一位大将笑着说："此果是元帅呼唤常胜国时降落的，就谐音命名为'长生果'吧。"大家一听，都觉得颇有道理，又觉得这个名字还有吉祥之意，便纷纷表示赞成。

❶语言描写

此处通过一位大将之口道出了长生果名字的由来。

岳飞笑着点点头，说道："好，就叫'长生果'！"

吃了长生果的岳家军，精神倍增，士气旺盛，直冲敌阵，似泰山压顶，只杀得天昏地暗，日月无光。

后来，岳飞还没来得及直捣黄龙府，便被奸臣秦桧害死在风波亭上。牛头山一带的百姓闻讯后，悲痛至极，便在朱仙镇内修建了一座岳飞庙，并把岳飞送给他们的长生果种在牛头山下，以表达对岳元帅的纪念。

过了一段时间，长生果长出来了，叶绿花黄，十分可爱。②随后，大伙儿又发现长生果是枝上开花，花落地上，地下结果，因此又将其称为落花生，简称为花生。

❷解释说明

这句话讲解长生果的生长过程，并点明长生果又名落花生的原因。

精华赏析

本文讲述了岳飞在朱仙镇与金兀术大战时粮草接济不上，他呼唤运粮将军常胜国的名字，最终天降长生果助其渡过难关的故事。这个故事体现了岳飞精忠报国的精神和对百姓的爱护。

延伸思考

1. 岳飞要发起进攻，却为何事而心急如焚？

2. 岳飞的粮草未到，后来是如何让将士吃饱的？

3. 长生果是如何得名的？

相关链接

岳飞是中国历史上著名的军事家，南宋抗金名将。他所率领的部队军纪严明，英勇善战，称为“岳家军”。当时金人流传有“撼山易，撼岳家军难”的评语，表达了对岳家军的由衷敬畏。岳飞忠心为国，想要收复河山，却为奸人所害，令世人叹惋！

华佗五禽戏

名师导读

小读者们，你们听说过我国古代神医华佗吗？他悬壶济世，治病救人，研制出麻沸散，创编健身功法五禽戏。今天，我们就来讲一讲他是如何创编五禽戏的。

有一天，神医华佗上山采药，到一个猎户家中做客。吃完饭，他提出要看看猎户驯养的动物。

华佗来到猎户家的后院，看到笼子里关着的虎、熊、鹿、猴、鹤等禽兽，它们刚刚吃过食，玩得正起劲。那只老虎吃罢东西在笼里来来回回走了很长一段时间，才歪倒身子躺下睡觉。这引起华佗很大的兴趣。①他想：老虎身躯强壮，大概和它整天活动有关系。人如果也能像动物一样经常活动，气血流通，是不是就不容易得病了呢？于是，他又认真地研究了熊、鹿、猴、鹤的动作。

❶心理描写……此处写华佗看到老虎的强壮便思考原因，表明他善于动脑。

从此以后，华佗就常到猎户家后院模仿虎、熊、猴、鹿、鹤的动作。动物怎么活动，华佗就依样学着活动。半年后，华佗把模仿的这些动物的动作记录下来，创编了健身功法五禽戏。他用五禽戏来引导人们强身健体，常能收到很好的效果。

有户人家姓吴，老夫妇俩年过半百，只生有一个儿子。这个独生子备受父母疼爱，整天被关在房里，不是吃，就是睡。久而久之，孩子饭量减少，身体虚弱，面黄肌瘦，一阵风都可以把他吹倒。夫妇俩慌了，就去请华佗给孩子看病。

①华佗看了看孩子的舌苔，问了问情况，又摸了摸脉，便对老夫妇说："孩子内脏没有病，不用吃药。只是他活动太少，消化不良，气血凝滞，所以身体不好。"

①动作、语言描写

华佗经过细心诊断，点明孩子身体不好的原因，体现了华佗医术的高超。

"那该怎么办呢？"

"好办！只要让孩子到处跑跑，寻点事干干就行。不能让孩子再闲着睡觉了！睡久了，骨节筋肉都会僵硬的。"

"不行啊！咱孩子从生下来就没有出过门，更谈不上干活儿了。你看还有什么别的办法没有？"

华佗想了想，说："这样吧，你们明天上街买只猴子回来。"

读书笔记

"买猴子干吗？"

"叫你们孩子拜猴为师。猴子走动，他也走动；猴子歇着，他也歇着。三个月后，他自然就会长胖，强壮起来。"

老夫妇有点不愿意："人怎么能学猴子跳呢？"

孩子却躺在床上叫起来："爹，我要买猴！我愿意拜猴为师！"

读书笔记

老夫妇只好上街去买猴。

猴子买回来就被关进铁笼，放在院里。孩子每天早上天一亮就爬起来看猴。猴子跳，他也跳；猴子走动，他也走动；猴子歇，他也歇。没多久，孩子的胃口就好起来，人也长胖了。半年以后，孩子就变得又活泼又强壮，完全恢复了健康。

精华赏析

本文讲述的是华佗认真观察动物的活动，经过模仿研究创编出五禽戏，并运用它引导人们强身健体的故事。他的经历告诉我们，要学会观察，认真思考，不断探索和创新。

延伸思考

1. 华佗是根据哪些动物的活动创编出五禽戏的？

2. 文中孩子身体不好的原因是什么？

相关链接

华佗，沛国谯（今安徽亳州）人，东汉末医学家。精通内、外、妇、儿、针灸各科，尤其擅长外科。对“肠胃积聚”等病创用麻沸散做全身麻醉后施行腹部手术，反映了中国医学于公元 2 世纪时在麻醉方法和外科手术方面已有相当成就。

徐文长买桃

名师导读

我国明代有一位著名的文学家、书画家名叫徐文长，他非常聪明，现在浙江一带仍然流传着他的故事。今天我们就来看一看徐文长是如何买桃的。

绍兴有个狡猾的水果商，惯于欺哄顾客。他卖水果，看人喊价，忠厚老实的顾客常常在他那儿吃亏上当。

有一天早上，徐文长走过那家水果店门口，见有鲜桃出售，想要买个尝尝，就随口问道："老板，桃子多少钱一斤？"

那水果商一看是徐文长，知道他很穷，认为他买不起桃子，只是在和自己开玩笑，就故意回答："桃子是不上秤的，一百文一个，你买得起吗？"

①徐文长听了，心里暗想：这个奸猾的家伙，人家都说你做生意不规矩，看人讲价。好，今天我倒要教训教训你。于是，徐文长把口袋里仅有的一百文钱掏出

①心理描写……此处的心理描写表明徐文长对水果商的恶劣行径早有耳闻，并对如何教训他胸有成竹。

来，并对水果商说："好，那我买一个。"

"好的，好的。"[①] 水果商见徐文长真的掏出一百文钱，认为他是一个书呆子，心想：反正这种人平时也不知物价，不宰白不宰。于是，他一面放心大胆收下了钱，一面递给徐文长一个桃子，还暗笑徐文长这个书呆子今天教他当鳖捉了。

❶心理描写 ……
此处通过描写水果商的心理活动，表明他惯于看人讲价，欺哄顾客。

谁知徐文长买了桃子后，就拿着这个桃子站在水果店门口不走了。凡是顾客来问水果的价钱，徐文长就把手里的桃子高高举起，对顾客喊道："桃子是不上秤的，一百文一个。"[②] 顾客们听了，有的摇头，有的吐舌，谁愿意买这样昂贵的桃子呢？这一天，这家水果店从早到晚除了卖给徐文长一个桃子，一桩生意也没有做成。

❷动作描写 ……
这是顾客听到徐文长的话后的反应，说明徐文长的计策成功了，起到了惩罚水果商的作用。

第二天一早，徐文长没等水果店开门，又站在店门口了。和昨天一样，凡是有人来问水果的价钱，他就举起手里的桃子叫道："桃子是不上秤的，一百文一个。"

就这样，这家水果店第二天也没有做成一桩生意。

第三天，徐文长还是一早就站在水果店门口了。来往的人不但没有一个来问水果的价钱，反而都朝店里瞪起了眼睛。原来，一百文钱买一个桃子的消息早已传遍全城，成为街谈巷议的笑料了，谁还会到这家水果店来买这样昂贵的水果呢？

读书笔记

水果商亏大了。这时，他才知道徐文长不好惹。他

读书笔记

只好厚着脸皮向徐文长苦苦哀求："徐先生，我把一百文钱还给你，再倒贴你一百文钱和十斤桃子，请你无论如何别站在这里，好让我做点生意。你做做好事吧！对不起……"

徐文长听了，哈哈大笑："为什么？"

奸商这时才说了实话："你再站下去，我店里的水果都要烂光了。徐先生，你就饶了我吧！……"

徐文长沉下脸，厉声说："告诉你，做人不要奸猾。这次只不过是教训教训你，下次再这样，就不能饶恕你了。"说完，他取回一百文钱，把已经烂了的桃子还给奸商，就扬长而去了。

从此，徐文长买桃治奸商的故事就流传开了。

精华赏析

本文讲述的是一个卖水果的奸商看人喊价，将桃子以一个一百文的高价卖给徐文长，徐文长略施小计惩罚了他的故事。读完以后，我们不禁为奸商被戏弄而感到好笑，同时也更加佩服徐文长的聪明机智。

延伸思考

1. 水果商为什么要卖徐文长一百文钱一个桃？

2. 徐文长用什么方法来惩罚水果商的呢？

吕洞宾救人

名师导读

小读者们，你们听说过“八仙过海”的故事吗？八仙中有一个神仙叫吕洞宾，今天我们就来讲一个与他有关的故事。

宋代时，滕子京因遭弹劾被贬到巴陵当太守。离京赴任途中，他见到路上有不少逃荒要饭的农民，心里很是同情。队伍行至巴陵，要过一座石桥，众人发现桥头横卧着一位老人，挡住了去路。这位老人衣冠不整，蓬头乱须。差役上前举起鞭子要打。老人笑道：“大路朝天，各走半边。我这病老头子在路上躺一躺，犯了什么王法？”

滕子京急忙喝住差役，让人在石桥前停轿，又亲自下轿把老人扶进轿内，并命人抬进府去请郎中给老人治病。[1]到了府衙，仆人欲扶老人下来，哪知掀开轿帘一看，轿子里空空荡荡，只有一把纸扇，上面写着“为官清正，才能取信于民”，落款为“华州回道士”。

❶叙述 老人被扶进轿内，可到了府衙，仆人欲将其扶出时却发现轿中无人，只有一把带字迹的纸扇。此处设置悬念，为后文埋下伏笔。

读书笔记

这“回道士”是谁呢？滕子京想不明白，但觉得道士的话很有道理，第二天就亲自到乡下察看民情。他看到洞庭湖区堤坝失修，得知年年洪水成灾，就拿出自己的积蓄，组织百姓修起一道长七十里的防洪大堤。

从此，巴陵郡水旱无忧，年年丰收。同时，他又重修岳阳楼，建造东湖大桥，使巴陵郡换了个样子。他造福一方，令万民敬仰，老百姓都称他“滕青天”。

一天，滕子京的夫人高烧不止，病得很重。正当滕子京焦急万分时，一个差役来报：“东郊五里村昨夜遭遇一场暴风雨，房倒屋塌，压伤不少百姓，伤者性命危在旦夕！”①滕子京一听，连忙丢下夫人，召集满城郎中赶到五里村，一直忙了四天四夜才回府。刚进衙门，就听到哭声一片，原来夫人因得不到及时治疗，已经病死了。

❶叙述　面对夫人病重需要陪伴和百姓遭灾急需援救，滕子京毫不犹豫地选择了后者，体现了他对百姓的关爱。

滕子京痛不欲生，哭得死去活来。这时，来了一位白发苍苍的老道，他对着夫人吹了三口气。顿时，夫人睁开眼睛，活了过来！

滕子京又惊又喜，连忙向老道跪拜致谢。②哪知老道突然不见了踪影，地上只有一把纸扇，上面写着“太守与民同忧，可亲可敬”，落款处写着“华州二口仙”。

❷叙述　此处写老道救活滕夫人后突然不见了踪影，只剩下带字迹的纸扇，与上文相呼应。

滕子京把“回道士”“二口仙”几个字在掌心画来写去，恍然大悟：“啊，把两个‘口’字叠起来，不就是吕洞宾的‘吕’字嘛！”

读书笔记

后来，滕子京请来工匠，依照他看到的道士的模样，雕了一座吕洞宾全身坐像，安放在岳阳楼上，让人们永远记住这位救苦救难的神仙。从此，千百年来，巴陵百姓敬供吕洞宾的香火一直不断。

精华赏析

本文讲述的是吕洞宾试探滕子京，看到滕子京为民造福、与民同忧后，出手救治其夫人的故事。文章描写了仙人吕洞宾神通广大、救苦救难，更赞扬了滕子京清正廉明、勤政为民。

延伸思考

1. 滕子京是在什么样的情况下第一次遇到吕洞宾的？
2. 滕子京在夫人病重和五里村发生灾情的情况下是如何选择的？
3. 滕子京是如何想到救夫人的神仙是吕洞宾的？

相关链接

滕宗谅，字子京，河南洛阳人，北宋政治家、文学家。他与范仲淹是同科进士，两人关系亲厚。在官场上，滕子京虽然屡遭贬谪，但他始终保持着对国家和人民的忠诚。在泾州时，滕子京展现出他的智勇双全，带领军民成功抵御了西夏的入侵。他被贬到巴陵时，不计个人荣辱，勤政为民，被盛赞为“治最为天下第一”。

唐伯虎画雀

名师导读

我国明代江南有四大才子，其中一人叫唐伯虎，他是著名的画家、文学家。今天我们讲一个与他有关的故事。

有一次，唐伯虎坐船外出游玩，因闲来无事就坐在船艄跟船老板闲聊。[1]船老板有一把纸扇子，两面都是白的，时而合起来，时而扇一扇。唐伯虎看了，一时兴起想作画，便对船老板说："老板，你这把白扇子蛮好的！"

❶叙述…………这里特意提到船老板的白纸扇子，为后文唐伯虎在扇上作画做铺垫。

"嗯！蛮好！"船老板一边说，一边又把扇子摊在眼前看了看。

唐伯虎说："上面要是有一点儿画就更相宜了。"

船老板一想，觉得有道理，就问："公子，你会画画？"

唐伯虎说："会一点！"

船老板喜道："请公子在上面画一点儿好吗？"说着就把扇子递到唐伯虎面前。这正合唐伯虎的心意。

唐伯虎接过扇子，打开背笈，拿出笔。画什么呢？

这时刚好头顶上飞过几只麻雀。就画麻雀！唐伯虎很快画好了，但是这幅画看上去不清不楚，就似一个个黑墨团。船老板一看，很不乐意，说：“你这公子，不会画就不要逞能替人家画。你看，一把好好的白纸扇子都给你糟蹋了！”

唐伯虎说：“哦！老板，你觉得这画不好吗？”

“嗯！”

“不要紧，你觉得不好，我替你拿掉好了。”

“你能拿掉，就替我拿掉好了。”

①唐伯虎把笔一搁，用中指点着黑墨团，慢慢地向边上推，再用力一掸。只听扑通一声，一只麻雀落在水里，又扑扑扑地飞上天了。接着他又推着一个黑墨团，用力一掸，又一只麻雀落在水里后扑扑扑地飞上天了……

这样，七只麻雀，掸掉了六只，唐伯虎又要掸第七只了。船老板晓得这是个宝贝，就说：“公子，这只不要掸了，这只不要掸了。”说着就伸手把扇子抢了过去，细看剩下的那个黑墨团，实际就是只麻雀，像只活的。船老板又求唐伯虎：“公子，请你再画一只！”

唐伯虎说：“我的笔只能画一次，画第二次就不灵了。”

读书笔记

①动作描写……

一系列动词生动地描写了唐伯虎是如何拿掉扇子上的麻雀的，同时也夸张地表现了唐伯虎画艺的高超。

精华赏析

本文讲述的是唐伯虎为船老板的纸扇画麻雀，而船老板不懂画，当唐伯虎掸掉扇上的麻雀时，船老板才认识到唐伯虎的画笔之神奇。整个故事采用夸张的手法展现了唐伯虎绘画技艺的精湛。

延伸思考

1.唐伯虎在纸扇上画了些什么？

2.唐伯虎为什么要掸掉画上的麻雀？

相关链接

唐寅，字伯虎，号桃花庵主、六如居士等，吴县（今江苏苏州）人，明代画家、文学家。诗文上，与祝允明、文征明、徐祯卿并称“江南四才子”；绘画上，与沈周、文征明、仇英并称“吴门四家”。唐伯虎在绘画上极有天赋：他的人物画写实功力较强，形象准确而神韵独具；他的水墨画墨韵明净，格调秀逸洒脱而又富于真实感。唐伯虎的诗文以才情取胜，其诗多记游、题画、感怀之作。早年作品工整妍丽，有六朝骈文气息；后期多为伤世之作，不拘成法，大量采用口语，意境清新，常含傲岸不平之气，情真意挚。

解缙写对联

名师导读

五岁，父教之书，应口成诵；七岁，能述文；十岁，日诵千言，终身不忘；十二岁，尽读四书五经，贯穿其义理……这就是有“大明第一才子”之称的解缙。今天我们就来讲一个与他相关的故事。

解缙从小聪明伶俐，苦读诗书，十四岁便以学士自称。

这年春天，天下过雨刚放晴，上学路上很滑，他不小心摔了个屁股蹲儿。这可把路边一伙妇女乐坏了，她们笑得前仰后合。

① 解缙爬起来，拍打拍打身上的泥，把小嘴一噘，张口吟了一首诗：“春雨贵如油，下得满街流。滑倒解学士，笑坏一群牛。”

❶动作、语言描写　解缙摔倒后爬起来，张口就作诗一首，体现了他出口成章，才华出众。

他家大门对面就是翰林府，那院内四周种的竹子高过围墙。解缙触景生情，写了一副对联：上联是“门对千竿竹”，下联是“家藏万卷书”。他将其贴在自家的大门框上。

翰林院大学士一看这副对联，就把院里的竹子砍成半截，心想：我看你还怎么说。

读书笔记

解缙一瞅，就把对联各添了一个字：上联是“门对千竿竹短”，下联是“家藏万卷书长”。

翰林院大学士一看难不住解缙，干脆叫人把那些竹子连根刨了，心想：这下我看你还怎么说！

解缙一瞅，又把对联各添了一个字：上联是“门对千竿竹短无”，下联是“家藏万卷书长有”。

翰林院大学士这回可没招儿了，就想见见这个解缙，看他到底有多少才气，便写了张请帖召解缙进府。

请帖送来后，解缙的娘想给他做件新衣裳，好让他体面地过去拜见。但因为家穷没什么衣料可用，她就把自己的一件半新的绿褂子拆了，给他改做了一套绿袄绿裤。于是，解缙穿上这套绿袄绿裤就进了翰林府。

翰林院大学士看解缙穿得这副模样，脱口说了句：“井里蛤蟆穿绿袄。”

①解缙瞅了瞅翰林院大学士，也不客气，接着说了句：“锅中螃蟹着红袍。”

①动作、语言描写

此处描写解缙对对子的过程，“接着说了句”体现了解缙的才思敏捷。

翰林院大学士听到讥讽虽有些不悦，可他确实被解缙机敏超凡的才气征服，于是他就上朝奏明皇帝，保荐解缙。

精华赏析

本文有三个情节：摔跤后出口成章，二改门口对联，与大学士对对子。三个情节串联在一起，都体现了解缙的才华过人。这个故事告诉我们，不能以貌取人，不能以年龄的大小来判断一个人的能力。

延伸思考

1. 解缙摔跤后为什么要作诗一首？

2. 解缙为什么会二改对联？

相关链接

解缙，字大绅，明代江西吉水人。洪武进士，授庶吉士，上万言书，批评太祖政令屡改、杀戮太多等事。后罢官八年，建文时再出仕。永乐初与黄淮、杨士奇等人入内阁参预机务。后任翰林学士，主持纂修《永乐大典》。与杨慎、徐渭并称“明朝三大才子”。著有《解文毅公集》《春雨杂述》等。

献桃祝寿

名师导读

小读者们，很多地方家里老人过生日时，晚辈都要送上面粉做的寿桃作为贺礼，你知道这一习俗的来历吗？

关于给老人献桃祝寿有这样一个传说……

战国时期，有一个名叫孙膑的军事家，酷爱兵法。小时候，他便辞别母亲，远离家乡，孤身一人来到山中拜鬼谷子先生为师，学习领兵作战的谋略。时间过得真快，一转眼许多年过去了，孙膑已长大成人。

有一天，①孙膑在山中游览，看见树枝上有一只小乌鸦从远处叼来虫子，细心地喂窝中的老乌鸦。小乌鸦一次又一次地飞来飞去，直到把老乌鸦喂饱为止。这一幕触动了孙膑的心事：乌鸦尚知反哺报恩，我这个做儿子的，报答过母亲的养育之恩吗？想到这里他再也按捺不住对母亲的思念，决定告假回家探望母亲。

①叙述

此处描写了小乌鸦给老乌鸦喂食的过程，正因为受到这一情景的触动，孙膑才要回家探望母亲。

孙膑找到鬼谷子先生，当时鬼谷子先生正坐在洞外的一棵桃树下，他听了孙膑告假的缘由，便伸手摘下一个鲜红的桃子递给孙膑，说："你有孝心，十分可贵，应该回去看看。我就送上一个鲜桃作为礼物吧！"

孙膑带上这个桃子，风尘仆仆地赶回家乡。一进家门，只见彩灯高挂，宾客满座。大家欢聚一堂，正在庆贺孙膑母亲的六十大寿。

相别多年，孙膑眼前的母亲已不是他记忆中的模样。①她苍老衰弱，头发已经花白了，牙齿也掉光了，满脸皱纹。孙膑上前给老母亲叩了三个响头，便将那个鲜桃献上说："母亲，这是我的老师送给您的贺礼，请母亲尝尝。"

❶外貌描写

此处描写了孙膑母亲的外貌，表现了母亲的苍老，为后文做铺垫。

老母亲见儿子回来，欢喜异常，接过桃子，连说："好，好，娘一定尝！"说着，就咬了一口。

那桃子十分香软，老母亲虽没有了牙齿，但吃起来一点儿也不费力，而且那桃香溢满屋子，令人陶醉。

就在这时，一件奇异的事情发生了。②老母亲还没吃完桃，白发就变成了黑发，皱纹渐渐消失，眼睛也变得有神了，连牙齿也重新长了出来。贺寿的人异口同声道："这是仙桃呀，可令人返老还童！"

❷叙述

此处描写了孙膑母亲吃完桃后的外貌变化，与前文相呼应，突显了鲜桃的神奇。

从此，当老人过生日时，晚辈都会送上一个用面粉做的寿桃作为贺礼，祝愿老人健康长寿，重获青春。后来，送寿桃渐渐地成了一种习俗。

精华赏析

本文讲述的是孙膑学艺时见到乌鸦反哺，想到母亲的养育之恩，于是回家给母亲献桃祝寿的故事。这个故事体现了孙膑对母亲的孝顺和感恩之情，传递了人们对长辈健康长寿的美好祝愿。

延伸思考

1. 孙膑看到什么情景后想到要告假回家探望母亲?

2. 孙膑临行前，鬼谷子送了什么作为贺礼?

3. 孙膑母亲吃完桃子后，有什么变化?

相关链接

孙膑，战国时齐国阿（今山东阳谷东北）人。兵家，孙武的后代。大致与商鞅、孟轲同时。他曾与庞涓一同学习兵法，庞涓被魏惠王任命为将军后诳他到魏国，处以膑刑（去膝盖骨），故称孙膑。后经齐国使者秘密载回，被齐威王任命为军师。孙膑设计先后大败魏军于桂陵和马陵。孙膑主张“战胜而强立，故天下服矣”，并主张慎战，强调“事备而后动”。主要思想体现于《孙膑兵法》。

巧审“大善人”

名师导读

现实生活中，有各种各样的人。本文中一个恶人碰到了一个机智的代理知县，那么恶人的下场是什么样的呢？

明朝时，云南洱源县有一个叫艾玉的人。他出身贫寒，但很好学，又机智有才，后来考中了进士，但他不愿为官，便以在籍进士身份长居乡里。一次，知县外出，请他理政一个月。这期间，恰恰遇着一桩案子：一个老财主欲霸占一个寡妇。

艾玉立刻传问老财主，[1] 老财主申辩道：“我是有名的大善人。过去，这家的男主人和我关系很好，他死后，我怜悯他妻子生活贫苦，才时常照顾她，谁知她竟恩将仇报。这可真是善门难开，行好不得好呀！”

❶语言描写……
此处描写老财主为自己狡辩，并说自己是“有名的大善人”，为艾玉惩治他做铺垫。

艾玉对原告说：“这样看来，你是诬告人家了。我也不罚你，你快走吧！”原告无奈，只好委屈地回家去了。

艾玉对老财主道：“你可真是个菩萨心肠、广行善事的大善人。现在请你站在堂前，等我审完了别的案子，再请你吃顿饭。”老财主以为代理知县请吃饭很有面子，就留下了。

艾玉开始审理第二桩案子，是一个姓张的告姓李的欠他五十两银子不还。

被告姓李的说：“是的，我正准备卖房子还他，但房子破烂，没有人买，他又等钱用，真是没有办法呀！”

❶语言描写…… 艾玉巧借大善人理应行善之名，设计让老财主替穷人还银子，对老财主略施惩戒。

①艾玉想了想说：“有了！现在有大善人在这里，这事情就好办啦。大善人，请你再行行善，替这个穷人还了银子吧！”老财主没法儿，只好掏出五十两银子代姓李的被告还了账。

第三桩案子是一位老人告儿子忤逆不孝。

艾玉问：“你儿子现在在哪里？”

老人说：“儿子早就跑了。”

衙役也说：“抓不到！”

❷语言描写…… 艾玉再次借大善人理应行善之名，让财主挨三十大板，让人不禁对他的聪明机智感到佩服。

②艾玉就说：“这种不孝的儿子应该重责三十大板，可他儿子跑了，打不成。如果不打，不足以教育后人。这样吧，大善人，你再行行善，替这位老人的儿子挨三十大板吧！”

老财主赶忙跪下道：“大老爷，别的可以代替，这挨板子怎么能代替呀？”

艾玉道：“这也是行善嘛！”说完，就叫衙役把老财主按翻在地，狠狠地打了他三十大板。

艾玉笑着向老财主说：“大善人，你还想行善吗？

我这里还有一大堆案子哩！”

读书笔记

老财主一边哭，一边磕头哀求：“小民不敢了，求大老爷开恩！”

艾玉惩治恶人、为民作主的故事至今还在当地广为流传呢。

精华赏析

本文讲述了代理知县艾玉面对老财主的恶行和狡辩，运用自己的智慧，以老财主自称“大善人”为契机，在审理其他案件时巧妙地让老财主替欠债者还债、代不孝之子挨板子，最终使老财主受到应有惩罚的故事。这个故事告诉我们，在面对不公时，不能盲目冲动，应该学会运用智慧和策略来伸张正义，维护社会的公正和秩序。

延伸思考

1. 面对艾玉的审问，老财主是如何狡辩的？

2. 艾玉以什么为由将老财主留在了公堂上？

3. 艾玉是如何惩治老财主的呢？

一罐银子

名师导读

地里能长出银子吗？大家肯定会说："不可能。"那今天我们就来讲一个地里长出一罐银子的故事。

很久很久以前，哈尼族中有一家养了两个懒儿子，他们的阿爸看着懒儿子没办法，常常急得愁眉苦脸的。哈尼族是个勤劳勇敢的民族，人们是最恨懒人的，方圆两三百里几十个寨子里的人，都非常看不起这懒得出名的两兄弟。因此，这两兄弟一直交不到朋友，也就一直找不到一点儿快乐。

两兄弟感到很苦恼。[①]他们的阿爸又一次跟他们说："我们哈尼族最恨抱着手吃闲饭的人。你们再不把懒习惯改掉，再不到田里去做活计，人家只会更鄙视你们！如果愿意改，今天就扛着锄头跟我下田去吧！跟我去挖地，能挖多少是多少。"

①语言描写……此处描写了阿爸对孩子们的教育，他指出懒惰的后果，规劝孩子们去劳动。

他们不好意思继续闲在家里，便很勉强地扛着锄头跟阿爸下田去了。但他们非常舍不得出力。阿爸一锄头挖下去，至少要挖六七寸深；而他们呢，一锄头挖下去，最多也就挖两三寸深。

田挖得不深，庄稼当然也就长得不好。因此，他们的收成少得可怜。

①不久，阿爸生病了，病了很久都没有好。阿爸心里很担忧：我倘若断了这口气，这两个懒惰的儿子该怎么办呢？让他俩活活饿死吗？于是，他把两兄弟叫到床前来，对他们说："我没有什么东西留给你们，只有这间破草房和那几把烂锄头。另外，还有那块瘦田和瘦田里埋着的一罐银子。那罐银子是祖辈就传下来的，留给你们！我倘若断了这口气，你们两兄弟就去挖出来用。银罐子埋得很深，你们要挖得深些……"

❶心理描写……阿爸病重后担心两个儿子会饿死，在这种心理支配下，他想到了让儿子勤劳种田的办法。

阿爸说完就咽气了。两兄弟办完丧事以后，扛着锄头匆忙到田里挖银子去了。他们到了田里就使劲儿地挖。他们把锄头举得很高，挖得很深，不久就挖松了一片田地。可是，地里并没有银子。他们换一个地方挖下去，结果还是没有挖到什么。两兄弟有些灰心了，心想：不挖了，真是白费力气！回家睡觉去！

读书笔记

当他们扛起锄头刚要走的时候，从另一块田里传来了一个声音："喂！你们两兄弟，还是耐心点儿挖吧！处处都挖一挖，总有一天会挖到的。"他们回头一看，才发现是一位须发苍白的老人在和他们讲话。两兄弟听了，觉得老人说得对，又把锄头举起来继续挖下去。

读书笔记

接连挖了几天，整块田都挖遍了，可是仍旧没有挖着，两兄弟又灰心了。这时，那位须发苍白的老人又出现在他们面前。老人对他们说："你们的阿爸是不会说假话的，再往深处挖，一定会挖到的。"

兄弟俩心里想：对！阿爸是不会说假话的，再往深处挖，一定会挖到的！于是，他们又深挖了一遍，可是仍旧没有挖着银罐子。

树上的布谷鸟已经叫了好久了，寨子里的人们都忙着栽秧了。

那位须发苍白的老人第三次出现在两兄弟的面前，说："你们两兄弟把田耙平，快栽秧吧！等秋收以后，再继续挖吧！"

两兄弟累了好些日子，一直挖不到银子，心里懊恼极了。但眼看着周围的田地都已经栽上秧了，于是只好放些水到田里，把土耙平，也把秧栽了。①两兄弟的禾苗一天一天地长高了，长得比别人家的还要高，到秋天竟长得有一人多高了。每棵稻子上长出来的稻穗，足足有平常的两倍粗、两倍长，上面的稻谷都是金黄色的、圆滚滚的。两兄弟看着自己的稻子长得这样好，欢喜得从早到晚都在咧着嘴笑。寨子里的人每次走到他们这块田旁边都要停住脚步，用惊奇和羡慕的眼光看了又看，而且不断地赞叹："这样大的稻穗，真是少见！"

这一年，两兄弟丰收了！这是他们家从来没有过的

①细节描写……此处细致地描写了两兄弟种下的秧苗的生长情况，印证了深挖田地会带来好收成的道理。

一次丰收，也是方圆两三百里几十个寨子里的人从没有见过的一次丰收。

金黄色的稻谷堆满了两兄弟的半间茅屋。从能记事起，他们还从未见过家里堆过这么多的稻谷。这么多的稻谷，如果吃，至少能吃几年；如果换成布，至少能换一百匹；如果卖成银子，至少能卖一罐子。

两兄弟坐在稻草上，望着心爱的稻谷，想呀，想呀，越想越高兴，越想越快乐。①突然，弟弟兴奋地说："阿爸说的那罐银子会不会就是这堆稻谷呢？"

❶神态、语言描写　弟弟看到丰收的景象后，联想到阿爸说的一罐银子的事，明白了阿爸的用意。

弟弟的话也触动了哥哥的心思：人们常说"地是刮金板，人勤地不懒"，地里是能挖出银子的呀！

这时，那位须发苍白的老人第四次出现在他们面前。②他微笑着说："小兄弟说对啦！你们阿爸说的那罐银子就是指这堆稻谷！小伙子们，过去那些年，你们收的稻谷总是那样少，而今年你们收的稻谷却是这样多。我问你们，丰收的秘密到底是什么？以后你们每年都能保持丰收吗？想一想，以后回答我！"

❷神态、语言描写　老人的话揭示了兄弟俩的阿爸所说的"一罐银子"的实质，照应了文章题目。

两兄弟满脸通红，刚想开口，那位老人却突然不见了。这时，两兄弟心里都暗暗地想：我们用行动来回答他吧！

从此，两兄弟每天忙在田里，乐在心上，年年都保持着丰收。周围两三百里以内几十个寨子里的哈尼族人也都喜欢和这两兄弟交朋友了。

精华赏析

本文讲述了勤劳的阿爸通过“一罐银子”的遗言巧妙地引导两个儿子改掉懒惰的坏习惯的故事。这个故事告诉我们，做任何事情，只有勤奋努力，才能有所收获。

延伸思考

1. 文中两兄弟一开始为什么交不到朋友？

2. 两兄弟的阿爸是采用什么方法让他们深挖田地的？

3. 两兄弟的阿爸所说的“一罐银子”到底是什么？

相关链接

稻，一年生草本植物，叶子狭长，花白色或绿色。籽实叫稻谷，去壳后叫大米。它是我国重要的粮食作物。

宝草帽

名师导读

一个靠打柴为生的穷小伙子捡到了一只金耳环，他会怎么做呢？让我们一起来读读故事吧！

从前有个贫穷的小伙子，他靠打柴过日子，大家都叫他“柴哥”。不管是刮风下雨，还是烈日暴晒，柴哥每天都上山打柴，卖了钱，再买米回家烧饭吃。

①有一年夏天，天气特别热，太阳晒在身上就像火烤一样。大家都坐在大树下面乘凉，可是柴哥还得去打柴。他穷得很，连一顶草帽也买不起。一天，两天，三天……他的头顶被太阳晒出个毒疮来，痛极了，但他没有钱看病。没办法，他咬咬牙，又去打柴了。

❶比喻……这句话把太阳晒在身上比作火烤，生动形象地展现出天气的炎热。

这天，他走在路上，看见草丛里有个东西一闪一闪的，走近一看，原来是一只金耳环。②他想：不知道是谁掉的，她心里一定很着急。他捡起金耳环，往路边一坐，等人家来找。

❷心理描写……这句话体现了柴哥的心地善良。

等呀，等呀，太阳快下山了，他才看见一个姑娘低着头，一边走一边在找什么东西。

“姑娘，你掉了什么？”

“一只金耳环。”

柴哥仔细一看，真的！姑娘一只耳朵上有耳环，另一只耳朵上没有，她耳朵上的耳环跟自己刚才捡的一模一样。柴哥拿出金耳环，说：“姑娘，你的耳环在这儿呢！还给你。”

读书笔记

“你真是个诚实的小伙子。”姑娘接过耳环，戴到耳朵上，说，“为了谢谢你，我要给你一样东西。金银财宝，你要什么就说吧！”

柴哥什么也不要。姑娘就拿出一顶破草帽递给他，说：“其他的你可以不要，但这顶破草帽一定得收下。”姑娘说完话，一闪就不见了。

柴哥拿着破草帽瞧了又瞧，心想拿它遮太阳也好，便把破草帽往头上一戴。真奇怪！他头顶的毒疮马上就好了。哦，这是一顶宝草帽呢！这时候天快黑了，已经来不及打柴了，他便跑回了家。

村里有个财主，他从来没晒过太阳，可是头上也长了个毒疮，痛得整天哇哇叫。他听说柴哥有一顶宝草帽能医毒疮，就把柴哥的宝草帽抢走了。

①财主回到家里，拿了宝草帽往头上一戴。哎呀！这宝草帽重得像块大石板，压得他直不起腰来。

❶比喻：财主抢来了宝草帽，戴在头上时却像压了块大石板，体现了草帽的神奇之处。

“快把草帽摘下来！快把草帽摘下来！”

读书笔记

家里的人急忙给他摘草帽，可是草帽像长在财主的头上一样，怎么也摘不下来。

不一会儿，宝草帽就把财主压倒在地上。这个坏财主呀，竟变成了一只乌龟。穷人看见了，乐得哈哈笑，都说柴哥好心有好报，财主坏心有恶报。

精华赏析

本文讲述了善良的柴哥捡到金耳环后交还失主，因此得到宝草帽治好了自己的病，而贪婪的财主抢走草帽后受到了惩罚的故事。这个故事赞扬了柴哥的诚实善良，也告诫人们不要贪婪自私。

延伸思考

1. 柴哥在草丛里捡到了什么？

2. 柴哥捡到东西后是如何做的？

3. 财主抢走草帽后治好头上的毒疮了吗？

太阳的回答

名师导读

伊斯麻与爷爷相依为命，但爷爷却被太阳“晒死”了。孝顺的伊斯麻要去找太阳的母亲说理，他会得到什么样的回答呢？让我们一起来读读故事吧！

---

❶叙述：文章开篇说明老爷爷与他的孙子相依为命，感情深厚。

读书笔记

[1]很久以前，有一个老爷爷，他的老伴儿死了，儿子也死了，儿媳妇改嫁了，身边只留下一个小孙子。小孙子名叫伊斯麻，是老爷爷唯一的亲人，他年纪虽小，却是一个精明能干的娃娃。他对爷爷很好，爷爷晚年的生活全由他照顾。

这一年，爷爷生病了。伊斯麻端汤捧药，伺候爷爷。从黄昏到五更，从太阳出到月亮明，伊斯麻一刻不离爷爷，爷爷啥时候叫，他啥时候答应。多亏了小孙子的体贴照顾，老人家挨过了寒冬，病渐渐轻了。春天来了，病快好了。等到夏天，老人家已经能在床上坐一会儿了。伊斯麻见爷爷快恢复健康了，心里说不出地高兴。

爷爷长时间卧病在床，心里闷得慌。现在能够起身了，他很想晒晒太阳。这一天，天气晴朗，万里无云，一轮火红的太阳悬挂在天空。伊斯麻扶着爷爷到院子里，让他坐在一块毡子上，暖暖和和地晒太阳。

爷爷说："我口里干，想吃个鲜梨。"

伊斯麻回答："爷爷，您好好坐着，我马上去给您买！"

伊斯麻走了，老人家独自坐在院子里。夏季的太阳很毒，老人家久病体虚，经不起猛然一晒。晒着晒着，他只觉眼前金星乱冒，天旋地转，就昏厥过去了。

①伊斯麻从街上买了梨子回来，一见爷爷被太阳晒死了，便伤心地哭起来。他哭着把老人抱回屋里，安放在床上。他想：太阳啊！你怎么能把我的爷爷晒死呢？我要找你母亲说理去！于是，勇敢的少年背了一袋干粮，朝着西方走去——人们都说西方的尽头便是太阳的家。

走啊，走啊，伊斯麻在路上碰见了几个种地的人。这几个庄稼人叫住了伊斯麻，问："少年，少年！你匆匆忙忙到哪里去呀？"

"我找太阳的母亲去哩。"

"嗬，人人传说，太阳的母亲有一副好心肠。你见着她的时候，替我们问一下：人拉木犁耕地又慢又吃力，用什么办法能够改善？"

"好吧，我记着帮你们问一声。"

伊斯麻又走了很久，迎面过来一个牧羊人。牧羊人

读书笔记

①**叙述**

伊斯麻以为爷爷被太阳晒死了，他的伤心表明他对爷爷的感情非常深厚，同时也说明他非常孝顺。

读书笔记

问道：“少年，少年！你满头大汗的要到哪里去呀？”

“我找太阳的母亲去哩。”

“嘀，太好了！请你替我问一下：羊毛长得太长了，羊走都走不动，有没有什么法子治治？”

“好，我一定帮你问问。”

“谢谢你！”牧羊人说，“不过，听说太阳的家很远很远，你能走得到吗？”

读书笔记

“不怕！”伊斯麻坚定地回答，“哪怕走一百年，我也要找到太阳的家！”

这时候，站在旁边的一只长毛羊忽然开口对伊斯麻说：“勇敢的少年，我来帮帮你吧！请你抓牢我的角，我驮你去见太阳的母亲。”

伊斯麻听了，奇怪地问：“这怕不行吧？”

牧羊人说：“行啊，我这只老羊可有灵性啦！”

读书笔记

于是，伊斯麻骑到羊背上，抓住羊的角。那长毛羊突然腾空一跃，像长上翅膀似的飞了起来。伊斯麻只觉得耳边大风呼呼作响。不知飞了几万里，他们来到一座临海的大山下面。长毛羊平稳地落下来，对着一座红墙绿瓦的宫殿说：“喏，这就是太阳的家。你进去办事吧，我等着你。”

伊斯麻敲了敲红漆大门，一位白发苍苍的老奶奶走

注释

白发苍苍：头发灰白，形容人非常苍老。苍苍，（头发）灰白。

了出来。老奶奶一见伊斯麻，大吃一惊，问道：“少年哪！你怎么到这里来了？”

“您是太阳的母亲吗？”

“是啊。你有什么事吗？”

“您的儿子把我的爷爷晒死了，我是来找您说理的！”

“噢！这就是我儿子的不是了，我一定要教训他！”老奶奶温和地说，“勇敢的少年，请到我家里歇一会儿吧，我想你也够累了。”

伊斯麻随着太阳的母亲进到宫殿里。①老奶奶拿出许多好吃的东西款待伊斯麻，并说：“少年，你放心好了。等我儿子回来，我问个办法把你爷爷救活就是了。你还有什么事情吗？”

伊斯麻又把庄稼人和牧羊人要问的话说了一遍，老奶奶答应一起问一问太阳。正说着，屋子外面忽然红光闪耀。②老奶奶说：“我儿子回来了。少年，你躲在我的背后吧，不然会晒坏你的！”

太阳巨人喘着粗气走进屋来，屋子里顿时像火烧似的炽热。

“您好，妈妈！”太阳巨人说。

“我很好，孩子！”老奶奶说，“不过，我觉得夏季你照射到人间的光太强了，那会使庄稼枯焦，给人类带来灾难的。”

读书笔记

①动作、语言描写　这几句话表明老奶奶热情善良、乐于助人。

②语言描写……老奶奶处处为伊斯麻着想，体现出她的细心和善良。

“好吧，妈妈！以后我请云彩姐姐伴随着我。太热的时候，就让她多洒一点儿雨水到大地上。”

“那就好。之前，你一个劲儿地晒，晒死了一个善良的老人。你说说，该用什么办法救活他？”

“妈妈！那个老人不过是昏厥了，并没有死。只需用清泉水慢慢在他的额上浸一会儿，他就醒了。”

读书笔记

“还有，庄稼人经常遭受旱灾，而他们又是自己拉木犁耕地，多么艰难哪！”

“如果他们能在木犁上安一个铁制的犁铧，再套两头牛拽着，那就省力得多了。”

“再说，那牧羊人和他的羊也很苦。本来天气就够热的了，羊走路都很困难，羊毛又长得那么长，那多难受哇！”

“这很简单！只需用剪刀每年把羊的长毛剪两次。这样不但羊清爽了，而且剪下的毛还可以捻线、织衣服、做毡子、做毛毯……有很多用处呢。妈妈，您还有什么吩咐吗？”

读书笔记

“没有了，孩子！但愿你不要偷懒，按时给人间送去光明和温暖。”

“记下了，妈妈！”太阳巨人说完，便拿了一条两丈长的大浴巾，到海里洗澡去了。

伊斯麻谢过了善良的老奶奶，仍旧骑上长毛羊回到了家乡。在路上，他把太阳的话告诉了牧羊人和庄稼

读书笔记

人。他们都很感激他，便照着这些办法做：庄稼人在木犁上安了铁犁铧，又套上牛耕地；牧羊人每年用剪刀剪两次羊毛。这些办法一直流传到后世。

伊斯麻回到家里，用清泉水救醒了昏厥的爷爷。祖孙俩继续过着快乐的生活。

精华赏析

本文讲述了伊斯麻误以为爷爷被晒死而想向太阳的母亲讨个说法的故事。在前往太阳家的路上，他遇到了需要帮助的庄稼人和牧羊人，并答应替他们向太阳的母亲问问法子，最后他在太阳的母亲的帮助下得到了解决问题的办法。故事情节虽然简单，但人物性格鲜明，立意积极向上，赞美了伊斯麻善良、孝顺、乐于助人的美好品质。

延伸思考

1. 伊斯麻为什么要去太阳的家？

2. 太阳巨人为庄稼人和牧羊人想出了什么办法？

聪明的儿媳妇

名师导读

张古老是一个聪明人，可他的三个儿子和三个儿媳妇却都很呆，为此他伤透了脑筋。他想为老四娶个聪明媳妇，他能否如愿呢？让我们一起来读一读故事吧！

从前有个叫张古老的人，是当地出名的聪明老头儿。他一共有四个儿子，老大、老二和老三都已经娶了媳妇，只有老四还没成亲。兄弟们没有分家，由张古老带着一起过日子。

读书笔记

说来也奇怪，老大、老二和老三都生得呆头呆脑，一点儿也不像他们的爸爸；娶进来的媳妇也是半斤八两，心眼儿都不大灵活。三个儿子和三个儿媳妇没有一个能讨得张古老的喜欢。

日子久了，张古老的心里发愁。他想：我这把老骨头，总不能老赖在这世上，说不定哪一天我就两腿一伸了。看他们这么浑浑噩噩的，怎么过日子啊！于是，他就想给老四这个小儿子找个聪明、乖巧的媳妇。这样一来，当下能给自己添个好帮手，将来也可以做自己的继承人，掌管这份家业。

张古老虽这样想，可办起来却难了。张古老打听来打听去，总没有一个合适的。①可张古老不愧是个聪明人，他想了一个巧妙的法子。

❶设置悬念……张古老想到了什么巧妙的法子呢？设置悬念，引出下文。

这一天，他把三个儿媳妇叫到跟前，说："你们好久都没有回娘家了，一定很想念你们的父母吧！今天，我就让你们回娘家去。"

三个儿媳妇一听说回娘家，欢喜得不得了，连忙问公公让她们回去住多久。

张古老说："大儿媳妇住三五天，二儿媳妇住七八天，三儿媳妇住十五天。三个人要一同回去一同回来。"

三个儿媳妇想也没想，便连忙答应了。

读书笔记

张古老又说："往日你们回去，总要带点儿东西回来孝敬我，但是每一次带回来的东西都不合我的意。这次你们回去，也少不了要带点儿东西回来，不如我先说出自己想要的东西来。"

"您老人家只管开口，我们一定带回来。"三个儿媳妇一齐说道。

张古老说："大儿媳妇替我带一根红心萝卜回来，二儿媳妇替我带一团纸包火回来，三儿媳妇替我带一只没有脚的团鱼回来。"

❶叙述……………

三个儿媳妇一心只想着回娘家，没有认真思考张古老的要求，为后文埋下伏笔。

① 三个儿媳妇一听每人只需带一样东西，也就不细想，都满口答应了。三个人便一齐动身回娘家去了。

三个人走呀走呀，不长时间便走到了一个三岔路口。大儿媳妇要往中间那条路去，二儿媳妇要往右边那条路去，三儿媳妇要往左边那条路去。三个人正要分手时，才想起公公的话来。

大儿媳妇说："公公嘱咐，让我们一个住三五天，一个住七八天，一个住十五天，还要同去同回。唉，三个人的日子又不一样，同去还容易，同回多难哪！"

二儿媳妇说："是呀！同回才难！"

三儿媳妇说："是呀！同回才难！"

❷语言描写…….

儿媳妇们都不知道应该怎样才能弄到张古老要的东西，既着急又无奈。

② "还有礼物呢！一个是红心萝卜，一个是纸包火，一个是没脚的团鱼。唉，刚一听好像是顶普通的东西，如今一想，可都是些从来没见过的东西啊！"大儿媳妇着急地说。

"是啊！都是从来没有见过的东西啊！"二儿媳妇也着急地说。

"是啊！都是从来没有见过的东西啊！"三儿媳妇也着急地说。

"不能同去同回，又没有这些礼物，公公是不会让我们进门的，这可怎么办呢？"大儿媳妇更着急了。

"这可怎么办呢？"二儿媳妇也很着急。

"这可怎么办呢？"三儿媳妇也很着急。

①三个人想来想去，真不知怎么办才好。大家都急得不得了，又不敢回去，便坐在路边哭起来了。

三个人哭呀哭，从日出哭到日落，越哭越伤心，越哭越没主意。她们的哭声惊动了住在近旁的王屠户。

王屠户带着女儿巧姑在路边搭了个草棚，摆了张案板，靠卖肉过日子。王屠户听到了哭声，便向女儿说道："巧姑，去看看是啥人在哭，出了什么事情。"

巧姑走出来一看，见是三位大嫂在那里哭成一团，就问道："三位大嫂，你们有什么心事？为何哭得这样伤心？"

三个人一听有人来问，连忙止住了哭声，一看，是位姑娘站在面前。她们抹掉眼泪，把事情的原委一五一十地告诉了巧姑。

巧姑一听，想都没想，便笑着说："这简单，只怪你们没有想清楚。大嫂，你三五天回来，三乘五等于一十五，是十五天回来；二嫂，你七八天回来，七加八等于一十五，也是十五天回来；三嫂也是十五天回来。你们不是能同去同回了吗？"

②巧姑接着又说："三件礼物也简单！红心萝卜是鸡蛋，纸包火是灯笼，没脚的团鱼是豆腐。这些东西家家都有，是顶普通的东西啊。"

三个人一想，果然不错，便谢了巧姑，高高兴兴地分了手，各自回娘家去了。

❶叙述

三个儿媳妇想不出解决的办法，急得哭了起来，体现出她们的愚钝、呆板。

❷语言描写

巧姑为三人做出了解答，体现出她的聪明伶俐。

三个人在娘家都足足住了半个月。这天，她们一同回来了，见着公公，把礼物也拿了出来。

张古老一看，吃了一惊。原来，她们带回来的礼物一点儿也没有错。张古老心里知道这不是她们自己想出来的，便问她们。三个人也不敢隐瞒，就把实情一五一十地说了出来。

读书笔记

张古老一听，决定去见见这位姑娘。

这一天，张古老一走进卖肉的草棚子，就连忙叫老板称肉。

王屠户不在家，巧姑走出来，问道："老人家，你要称什么肉？"

张古老说："我要皮贴皮，皮打皮，瘦肉没有骨头，肥肉没有皮。"

巧姑听了，一声不响地走到案板那边去了。一会儿，她就拿来了四个荷叶包，整整齐齐地放在张古老的面前。

③解释说明
张古老提出的刁钻难题被巧姑巧妙地解决了。

②张古老一看：一样是猪耳朵，皮贴皮；一样是猪尾巴，皮打皮；一样是猪肝，瘦肉没有骨头；一样是猪肚，肥肉没有皮。一点儿也没有错！他心里一喜，不由暗自想道：果真是一个聪明的姑娘，这才是我想找的儿媳妇！

张古老回到家里，马上请了一个媒人去向王屠户说亲。王屠户知道张古老是出了名的聪明人，料想他的儿子也不会差到哪儿去，于是和巧姑一商量，便答应了。不久，张古老替小儿子选了个好日子成亲，让小儿子把巧姑娶了过来。

张古老得了这样一个聪明的儿媳妇，满心欢喜。平日里特别看重巧姑，还有心让巧姑接替自己当家。

巧姑见公公对自己这样好，也挺尊敬他。

① 日子久了，大儿媳妇、二儿媳妇和三儿媳妇便有些不自在了，背地里嘀嘀咕咕："公公有私心，只偏袒小儿媳妇，嫌弃我们。"

❶语言描写…… 三个儿媳妇认为张古老偏心，产生了不满情绪。

张古老看出了她们的心思，他想：要一大家子人心服，非得想个法子才行。

这一天，他把四个儿媳妇都叫在一起，对她们说道："我一天天老了，没有精力管好这份家业。我想把这份家业交给你们来管，但是家里人口多，事情杂，要有一个顶聪明能干的人才管得了。我不知道你们里边哪个最聪明、最能干。"

四个儿媳妇一齐说："公公，您就试试吧！"

② 张古老说："好，我就拿平常过日子的事来考一考，让你们都试一下吧！试出来哪个最聪明、最能干，这个家就让她当。这可是你们自己说的，以后不准埋怨哪！"

❷语言描写…… 张古老故意挑明，因为他知道三个笨儿媳妇一定赢不了巧姑。

四个儿媳妇都同意了。

张古老说："会过日子的人，就知道节省，无的做出有的来。我就在这点上出题目：要用两种料，炒出十种料的菜来；用两种料，蒸出七种料的饭来。哪个做得出，就是顶聪明能干的人，这个家就归她管。”①说罢，张古老就转头问大儿媳妇：“你做得出来吗？”

❶语言描写……

张古老挨个儿问大儿媳妇、二儿媳妇和三儿媳妇，她们都办不到。张古老对此心知肚明，他是在故意为难她们三人。

大儿媳妇一想：两种料就只能当两种料用，哪能当十种料用呢？便说：“您说笑了，这哪里做得出来？”

张古老又问二儿媳妇：“你做得出来吗？”

二儿媳妇一想：平日蒸饭，都只用大米，顶多再加一两种料，哪儿来的七八种料？便说：“公公，您别逗我们了，这哪里做得出来？”

“你做得出来吗？”张古老又回过头问三儿媳妇。

三儿媳妇想：两位嫂子都做不出来，我就更不用说了。于是，她没有作声。

张古老知道三儿媳妇也做不出来，便说：“想你也做不出来。”最后，他才问巧姑：“你呢？”

巧姑想了想，说：“我试试看。”

巧姑走到厨房里，用韭菜炒鸡蛋，炒了一大碗，又把绿豆和在大米里，蒸了一大盆饭，端到了张古老的面前。

❷语言描写……

正如张古老料想的那样，只有聪明的巧姑解决了这个难题。她巧用谐音（有的方言中“绿”“六”都读lù），聪明过人。

②张古老一看，说道：“我要的是十种料的菜，怎么只有两种？我要的是七种料的饭，怎么也只有两种？”

巧姑说：“韭菜加鸡蛋，九样加一样，不是十样吗？绿豆加大米，六样加一样，不是七样吗？”

张古老一听，高兴极了，连声说对，当场就把钥匙拿了出来，交给了巧姑。

巧姑当家以后，把家里的事情安排得妥妥当当，吃的穿的都是她自己做的，一家人过得舒舒服服。

有一天，张古老闲着没事做，便坐在大门边晒太阳。心闲爱想事，他不由想起自己过去的日子，年年欠债、受气，而如今巧姑当家，事事不用自己操心，日子过好了，心里也舒坦，没有愁难事，真是万事不求人。他一时高兴，顺手从地上捡了一块黄土疙瘩，在大门板上写了几个大字——万事不求人。

不料，当天知府坐着轿子，正巧从这门前经过。他一眼就看见了门上这几个大字，很吃惊，心想：①这人好大的胆子，敢说出如此大话来，这不是存心不把我放在眼里吗？好吧！我就叫你来求求我。随后，他便厉声叫道：“赶快落轿，给我把这个讲大话的人抓来。”

衙役们马上恶狠狠地把张古老从屋里拖了出来。

知府一见，瞪着两眼说道：“我道是什么人，原来是个老东西。你讲得出这种大话，想必有大本事。好吧！限你三日之内，替我寻出三件东西。寻得到，那便无事；寻不到，就办你个欺官之罪。”

张古老说：“老爷，是三件什么东西？”

知府说：“要一头大牯牛生的犊子，要一坛灌得满

读书笔记

①心理描写……知府认为张古老是故意挑衅，因此想教训他，体现出知府的傲慢嚣张。

大海的清油，要一块遮天的黑布。少一样便叫你尝尝本知府的厉害。”说罢，便坐着轿子走了。

张古老不承想坐在家里惹下麻烦，得罪知府，被派下这份没法办的差事。张古老挖空了心思，也想不出个办法来对付，整日里愁闷不安，饭也吃不下，觉也睡不着。

读书笔记

巧姑见了，便问：“公公，您老人家有什么心事，不要光憋在自己心里，尽管跟我们说说吧！”

张古老说：“只怪我不该说大话……唉，和你说了也没有用。”

巧姑说：“您老人家说吧，说不定我能想出个办法来。”

张古老只得把心事对巧姑说了。

巧姑一听，宽慰公公道：“您老人家说得对嘛，庄稼人吃自己的，穿自己的，本来就是万事不求人。您老人家放心吧，这差事就让我来对付。”

读书笔记

过了三天，知府果然来了。一进门，便叫喊道：“张古老在哪里？”

巧姑不慌不忙地走上前说：“禀大人，我公公没在家。”

知府瞪着眼说：“他敢逃跑？他还有官差在身哪！”

注释

不慌不忙：不慌张，也不匆忙，形容从容不迫，非常镇定。

巧姑说："他没逃，是生孩子去了。"

知府觉得这谎撒得太可笑了，就说："世上只有女人生孩子，哪有男人生孩子的？"

①巧姑说："你既然知道男人不能生孩子，为什么又要大牯牛生犊子呢？"

❶语言描写……

巧姑利用知府话中的漏洞反唇相讥，知府搬起石头砸了自己的脚。

知府一听，没话可说，停了好久，只得说道："这一件不要他办了，还有两件。"

巧姑说："请问第二件？"

"灌满大海的清油！"

"这好办，请大人把海水抽干，马上就灌。"

"海这么大，怎么抽得干？"

"不抽干，海里装满了水，油往哪里灌？"

知府被问得说不出话，只见他涨红了脸说："这一件也不用办了，还有一件！"

巧姑说："请问第三件？"

知府说："遮天的黑布！"

巧姑说："请问大人，天有多宽呢？"

知府说："哪个晓得它有多宽？谁也没有量过。"

巧姑说："不晓得天有多宽，教我们如何去扯布呢？"

这一句问得知府哑口无言。他灰溜溜地钻进轿子里跑了。

本来张古老就有名，这一来，附近的人都知道张古

读书笔记

老的小儿媳妇把知府老爷都问倒了。大家都说："这一家子，有个顶聪明的公公，还有一个顶聪慧的儿媳妇。"

精华赏析

本文讲述了张古老出难题考验儿媳妇、知府刁难张古老却被巧姑巧妙应对等故事，塑造了张古老、巧姑等生动鲜活的人物形象。张古老和巧姑都是充满智慧的劳动人民的代表，他们从日常生活中积攒智慧，虽不是学富五车、才高八斗，却也聪慧过人、机智灵活。

延伸思考

1. 张古老为什么特别偏爱小儿媳妇？

2. 巧姑是怎么应对知府的刁难的？

相关链接

团鱼，又称"甲鱼"，学名为"鳖"。爬行纲，鳖科。吻突尖长，体表无角盾，覆以柔软革质皮肤。大者背甲长达24厘米，通常为橄榄色，边缘有厚实的裙边；腹面乳白色。生活于河湖、池沼中，捕食鱼、虾、螺等，多夜间觅食。肉可食用，鳖甲可入药。

鲁妹造伞

名师导读

传说著名工匠鲁班在和妹妹游览西湖时遇上了一场大雨，被雨淋湿的两人决定比赛造出既可以避雨又不影响游览的东西。他们造出了什么呢？让我们一起来读读故事吧！

很久以前，巧匠鲁班听说西湖的景致很好，就带着他的妹妹从山东到杭州来。

这一天，鲁班和鲁妹来湖边游赏。①只见阳光明媚，波光粼粼，山上桃花红，湖岸杨柳绿，果然一片好景致！他们走走看看，看看走走，不觉来到一处景点。忽然，一阵大风刮来，天色变了，湖中翻着白浪，一场春雨唰唰唰地下个不停。鲁班和鲁妹只好躲在一棵大树底下避雨。西湖雨景倒是很好看，可是雨淋得鲁班兄妹两人一身湿，他们再也没心思欣赏西湖景致了。

❶景物描写……这句话展现出西湖美景的动人，为下文两人被雨败坏兴致做铺垫。

鲁妹看着淋得像落汤鸡一样的哥哥，笑笑说：“哥哥呀，你的手艺这样巧，如今下雨天游湖便一点儿办法也没有啦！我想同你比一比，各自造个东西，要使人们在下雨天也同样能游湖而且不淋湿身子，看谁的办法好。”

鲁班一听妹妹要同自己比赛，差点儿笑出声来。他漫不经心地说：“好吧，比就比！但要定个时间，三天为期，如何？”

鲁妹听了直摇头。

鲁班说：“那你说要多少时间，不够再加吧。”

①鲁妹说：“一夜工夫，到鸡叫为止。”

❶语言描写 ……

鲁妹只要一夜工夫就能造出可让人在雨天出游的东西，她似乎胸有成竹，她到底会做出什么来呢？此处设置悬念，激发读者的阅读兴趣。

鲁班听了哈哈大笑说：“好好好！就依你。”

当夜，两人就分头干了起来。

鲁班找来些木头，刨得光亮，又雕上各种图案，然后在西湖边立起四根红彤彤的柱子，盖上顶，顶边还有四只翘翘的角，挂上四只叮当叮当响的铜铃，这就造好了第一座亭子。他在亭子里东看看，西望望，心里想：这下好了，千瓦盖顶，四面通光，哪怕雨下得再大，坐在亭子里也能欣赏西湖景致啦！

②鲁班造好亭子，回到屋里，发现妹妹房里没有一点儿动静。他又急忙赶到西湖边，立起六根红彤彤的柱子，盖上顶，顶边还有六只翘翘的角，挂上六只叮当叮当响的铜铃，这就造好了第二座亭子。

❷对比 ……

鲁班忙前忙后地造亭子，而鲁妹却毫无动静。此处通过对比设置悬念，引人好奇。

鲁班回来经过妹妹的房间，房间内还是没有一点儿动静。于是，他又在西湖边立起八根红彤彤的柱子，盖上顶，顶边还有八只翘翘的角，挂上八只叮当叮当响的铜铃，这就造好了第三座亭子。

鲁妹的房间里仍然没有一点儿动静。[1]鲁班又在西湖边造了第四座、第五座、第六座……一口气造了九座样式不同的亭子。

❶叙述……………鲁班一夜之间造出九座不同样式的亭子，此处采用夸张的写法，体现出鲁班技艺的高超。

正当鲁班造第十座亭子的时候，鲁妹偷偷地跑了出来。她看到鲁班已经在西湖边造起了九座亭子，正笑嘻嘻地造第十座，忙得满头大汗。鲁妹就偷偷地学了一声鸡叫，而后又偷偷跑回了屋。

鲁班刚把第十座亭子的三只翘翘的角造好，一听鸡叫，以为天亮了，就停工不再造了。相传这座未完工的亭子就是西湖三潭印月九曲桥上的那座三角亭。

过了一会儿，喔喔喔！鸡真的打鸣了，随后天就亮了。朝霞映着红色的亭子，显得格外美丽。

[2]鲁班得意地坐在亭子里，看看自己一夜工夫造起来的十座亭子，心想：我的亭子造得又快又好，妹妹今朝一定输啦！

❷心理描写……鲁班为自己的杰作得意，表现出他的自信。

忽然，他眼前一亮，好像迎面飞来了一只孔雀。定神一看，原来是妹妹从屋里走出来，她还把一个东西向上一张，那东西立刻变得像亭子顶一样：四周有三十二只翘翘的角，每只角下面挂着黄澄澄的绸须，上面遮着一块彩色绸布，绣着凤凰牡丹图，而顶下只有一根“柱子”。

鲁班好奇地从妹妹手里拿过来，仔细一看：这东西是用山上的竹子做的，有三十二根长竹条、三十二根短竹条，长竹条与短竹条之间装有灵活的插销，要用时一张就散开来，不用时一收就缩拢去。真是既轻巧，又玲珑美观。

读书笔记

鲁妹笑着对鲁班说："哥哥，你一夜工夫造了十座亭子，我一夜工夫只造了'半个亭子'，但这'半个亭子'可以抵得上千千万万个亭子。下雨天，你只能坐在亭子里看西湖景致，而我撑着这'半个亭子'，可以走来走去，在西湖到处玩耍。"

鲁班越看越觉得有趣，笑着说："好妹妹，你的心思比我巧，你的手艺比我妙！"鲁妹说："不，哥哥，你的手艺自然比我好！你造的十座样式不同的亭子把西湖打扮得更好看啦！我只不过受到你的启发，才造了这'半个亭子'哩。"

从此，鲁班更尊重他的妹妹，遇事都要与她商量。[1]据说，鲁班造的那些亭子就是后来"西湖十景"里面的十座亭子。

❶虚实结合…… 此处将传说与现实相结合，引人遐想，更显真实。

鲁妹造的这"半个亭子"因为在下雨天一张就可以散开来，所以大家叫它"雨散"。后来，有个喜欢造字的人依着这"半个亭子"的样子，造出一个"伞"字。人们觉得很像，都用起"雨伞"两个字来。日子久了，就把那"雨散"两字忘了。

这就是西湖绸伞的有趣来历。

精华赏析

本文主要讲述了鲁班同妹妹游西湖时淋了雨，两人决定比赛制造能让人们在雨天出游的东西，结果鲁班造了十座亭子，而鲁妹造了一把雨伞的故事。这个故事情节曲折，巧用对比，人物形象生动，各有特点。开头利用景物描写做铺垫；随后巧设悬念，引人好奇；最后虚实结合，令人回味。故事说明巧妙的智慧常常可以起到事半功倍的作用。

延伸思考

1. 鲁妹提出了什么样的比赛？

2. 鲁妹造出的伞是什么样的？

相关链接

“西湖十景”分布于浙江省杭州市西湖区，这十景分别是苏堤春晓、曲院风荷、平湖秋月、断桥残雪、花港观鱼、柳浪闻莺、三潭印月、双峰插云、雷峰夕照、南屏晚钟。这一系列景观包含春夏秋冬、晨晌昏夜、晴雾风雪等关于不同季节、时节、气象的景观特色，以及堤、岛、桥、亭、台、楼、阁等丰富的景观元素，展现了西湖的多样美和深厚的文化底蕴。

明 珠

名师导读

玉龙和金凤费尽心血雕琢出一颗明珠，但明珠被人偷走了。是谁干的呢？玉龙和金凤还能找回明珠吗？让我们一起来读读故事吧！

远古时期，在天河东边的石窟里，住着一条雪白闪亮的玉龙；在天河西边的大树林里，住着一只色彩绚烂的金凤。

玉龙和金凤是邻居，每天早晨，它们一个钻出石窟，一个飞出树林，总要打个照面才分开，然后忙各自的事儿去了。有一天，它俩一个在天空中飞，一个在天河里游，飞啊，游啊，不知不觉就来到一座仙岛。在岛上，它们发现一块亮闪闪的石头，金凤很喜欢，就对玉龙说："玉龙，玉龙，你看这块石头多好看啊！"

玉龙也很喜欢，就对金凤说："金凤，金凤，我们把它雕琢成一颗珠子吧！"

金凤点头答应，它俩就动工了。①玉龙用爪子扒，

❶**动作描写**……这几句话描写了玉龙和金凤雕琢石头的过程，体现了玉龙和金凤对这颗珠子的珍视和喜爱。

金凤用嘴啄。一天又一天，一年又一年，它俩真的把这块亮闪闪的石头雕琢成了一颗滚圆滚圆的珠子。金凤高兴地飞到仙山上含来许多露珠儿，滴到珠子上；玉龙快活地游到天河里吸来许多清水，喷到珠子上。滴啊，喷啊，滴啊，喷啊……慢慢地，这颗珠子就变得明光烁亮了。

读书笔记

从此以后，玉龙喜欢金凤，金凤也喜欢玉龙，玉龙和金凤都喜欢它们的明珠。玉龙不愿回到天河东边的那个石窟去了，金凤也不愿回到天河西边的那片树林去了，它俩就住在天河当中的仙岛上，日夜守护着他们的明珠。

读书笔记

这颗明珠真是一颗宝珠啊！珠光照到哪里，哪里就树木常青，百花齐放，山明水秀，五谷丰登。

这天，王母娘娘走出宫门，一见到这颗闪耀的明珠，心里便爱慕极啦！到半夜，她就派了一个天兵，趁玉龙和金凤熟睡的时候，悄悄地把这颗明珠偷走了。王母娘娘得到明珠，喜欢得不得了，连看也舍不得给人看，就赶忙藏到仙宫里头，一道又一道地关起九重门，锁上九道锁。

玉龙和金凤一觉醒来，发觉明珠不见了，它俩多么着急呀！[①] 东寻寻，西找找，玉龙找遍了天河底下的每一个石窟，没有找到；金凤寻遍了仙山上的每一个角落，也没有寻着。它俩伤心极了，可还是日日夜夜地到

①叙述

明珠被盗之后，玉龙和金凤寻遍了每一个角落，表现出它们的焦急和对明珠的喜爱。

处寻找，一心想把心爱的明珠找回来。

王母娘娘生日的那一天，四面八方的神仙都赶到仙宫来祝寿。王母娘娘摆下盛大的蟠桃会来宴请众神仙。神仙们喝着美酒，吃着蟠桃，齐声祝贺王母娘娘："福如东海，寿比南山。"

读书笔记

王母娘娘一时高兴，就对众神仙说："各位仙长，我请大家看一颗珍贵的明珠，这真是天上难找、地下难寻的宝珠啊！"

说着，她就从衣带上解下九把钥匙，打开九道锁，走进九重门，到仙宫里面取出了那颗明珠，放在金盘里，捧到厅堂中间。这颗明珠果真亮晶晶、光闪闪的，神仙们看了，都满口叫好。

这时，玉龙和金凤正在到处寻找它们的明珠呢。金凤突然发现了明珠放出的光芒，就慌忙叫道："玉龙，玉龙，快来看，快来看！那不是我们的明珠发出来的光芒吗？"

读书笔记

玉龙从天河里探出头来，看了看，说道："是啊，这一定是我们的那颗明珠。快，快去把它找回来！"

玉龙和金凤立刻循着明珠的亮光找去，一直找到王母娘娘的仙宫里。此时，那些神仙正伸头探脑围着明珠叫好呢。玉龙走上前去说道："这颗明珠是我们的！"金凤跟着也说："这颗明珠是我们的！"

王母娘娘一听，火啦！她冲着玉龙、金凤张口指责道：[1]“胡说！我是众仙之首，天上的宝贝都该是我的！”

❶语言描写 王母娘娘的话表现出她的蛮横和贪婪。

玉龙、金凤一听来了气，一齐向王母娘娘说：“这颗明珠不是天上生的，也不是地下长的，是我俩辛辛苦苦，一天一天、一年一年雕琢出来的！”

王母娘娘听了，又羞又恼，伸手护住盛着明珠的金盘，大声喝叫天兵天将快把玉龙和金凤赶出去。金凤见王母娘娘不讲理，扑过去就抢明珠；玉龙见王母娘娘不讲理，也冲过去抢明珠。三双手都抓住金盘，谁也不肯放松。你拉我扯，金盘一摇晃，明珠就骨碌碌滚下去，滚到阶沿边，从天上跌落下去了。

玉龙和金凤见明珠往下掉，怕摔破了，急忙翻身跟着保护。玉龙飞着，金凤舞着，它俩一忽儿在前，一忽儿在后，一忽儿在左，一忽儿在右，保护着这颗明珠慢慢地从天空降落到地面上。这颗明珠一落地，立刻变成了晶莹碧透的西湖。[2]玉龙舍不得离开自己的明珠，就化成一座雄伟的玉龙山来守护它；金凤舍不得离开自己的明珠，就化为一座青翠的凤凰山来守护它。

❷叙述 此处点出西湖边的玉龙山和凤凰山的来历，富有传奇色彩。

从此，凤凰山和玉龙山就静静地伏在西湖的旁边。直到现在，杭州还流传着这样两句古老的歌谣：

西湖明珠从天降，
龙飞凤舞到钱塘。

精华赏析

本文主要讲述了西湖和玉龙山（玉皇山）、凤凰山的由来：玉龙和金凤年复一年费尽心血雕琢出一颗珍贵的明珠，随后明珠被王母娘娘偷走，最后在争夺之中落入凡间化为西湖，而玉龙、金凤也分别化作玉龙山和凤凰山，守护着西湖。故事情节比较简单，对人物形象也并没有过多描写，但将神话传说与现实相结合，为西湖更添魅力，充满传奇色彩。

延伸思考

1. 明珠是怎么被偷的？

2. 明珠最后变成了什么？

相关链接

玉皇山，地处西湖与钱塘江之间，又名玉龙山等。远望如巨龙横卧，与凤凰山首尾相连，有“龙飞凤舞”的美称。每年农历春节，附近的香客蜂拥而至，山上香烟缭绕，人头攒动。平日里上山游览的人群络绎不绝，是一座深受百姓喜爱的旅游休闲名山，也是新西湖十景之一“玉皇飞云”的所在地。

酒　泉

名师导读

长白山下有一道温泉，为什么这道泉水会与酒有关呢？读读下面这个故事，你就知道了。

从前，长白山脚下有一个开酒坊的人，姓李。①这家伙平日里收粮放债，遇见荒年，他更是大斗进小斗出，不知祸害了多少穷人家。人们都叫他“李二绝户”。李二绝户越来越肥，穷人连骨油都叫他榨干了。

❶叙述

李二绝户不管穷人死活，只顾压榨穷人，人们都恨透了他。

村子里有个小孩叫张小，从小没娘，他爹给李二绝户干活儿，累坏了身子骨儿，瘫倒在炕上，不能下地。李二绝户一看张小他爹不能给他干活儿了，就叫张小上他的酒坊干活儿顶债。这个时候，张小才十二三岁。

读书笔记

李二绝户哪能把张小当人看待。白天，不给他吃饱；晚上，不让他回家。张小每天给李二绝户卖命地干活儿，一到晚上连个睡觉的地方都没有，只好蹲在外边一棵大柳树底下打盹儿。

有一天夜里，刮着大风。张小白天挨了李二绝户一顿鞭子，浑身火辣辣地疼，天又冷，冻得他睡不着觉。他想起爹瘫在炕上没人侍候，李二绝户又是出口就骂，扬手就打，这日子到啥时候是个头儿啊？想着想着就呜呜地哭起来了。这哭声让大风一刮，传到东砬子上，让老山参听见了。他心里纳闷：这三更半夜的，是谁哭得这么伤心哪？我得去看看。老山参一摇身子，变成白胡子老爷爷，拄个拐杖就下山了。

读书笔记

老山参来到酒坊一看，原来是一个小孩在大柳树下哭。这孩子哭得头不抬，眼不睁。他走到张小跟前问：“你是谁家的小孩儿？是不是上山砍柴，贪玩回来晚了，挨了你爹妈的打？”张小不说话，还是哭。白胡子老爷爷又问：“再不，你是个小猪倌，把东家的猪丢啦？”左问右问，张小还是一直哭，这可把白胡子老爷爷急坏了。他对张小说：“孩子，你知道我是谁吗？我能给大伙儿消灾除难，你有啥伤心事，尽管对我说吧！”这么一说，张小果然就不哭了。他抬头一看，眼前站着一位白胡子老爷爷，他一身青衣，白头发，白胡须，脸上红扑扑的，满脸笑容，一看就知道是个好心人。张小就一五一十地把他爹怎么有病，他又怎么给李二绝户干活儿顶债，连白天挨打的事全都说了一遍。②白胡子老爷爷一听，非常生气，说道：“孩子，你别愁，你爹的病能治好，李二绝户我也能制伏。七天以

②神态、语言描写

白胡子老爷爷要怎样帮张小的父亲治病，又怎样制伏李二绝户呢？此处设置悬念，引人好奇。

后，你去东砬子上找我要人参酒吧！”说完话，老爷爷就不见了。

读书笔记

第二天傍晚，李二绝户在酒坊里看着出酒，张小和一些伙计正在干活儿。就在这工夫，房门吱呀一声开了，进来了一个白胡子老头儿。他穿着一身青衣，满面红光，笑眯眯的，嘴里一边叨念着“辛苦啦”，一边端起一个大海碗，接了满满一碗老白干，只听咕噜一声就喝进肚了，接着第二碗、第三碗……喝起来没个完。张小一看，这不是昨天夜里见到的那位老爷爷吗？因为李二绝户在旁边，张小没敢吱声，心里暗暗高兴：喝吧，老爷爷，把这里的酒都喝干，看他还怎么叫我们干活儿。

李二绝户看老头儿这么能喝，心疼得不得了。[1]可那时候酒坊有个老规矩：出酒的时候，不管是谁赶上了，都白喝；要是不让喝，过路神仙一怪罪，酒就不出了。李二绝户只能干生气，不敢说半个“不”字。

1 解释说明

李二绝户让白胡子老爷爷喝酒不是出于大方，而是不敢破坏规矩，生怕断了财路。

白胡子老爷爷一连喝了十八碗，道了一声谢就走了。

第三天，白胡子老爷爷又来喝酒。李二绝户是干瞪眼儿没办法，眼瞅着老头儿又喝了二十七碗。老人家点点头，道了谢，又走了。李二绝户心疼得像割下他的心肝一样难受。

第四天，李二绝户想出一个坏招儿——在半夜出酒，心想这回可躲开白胡子老头儿了。哪承想，偏偏到出酒的时候，老头儿又来了。李二绝户平时哪吃过这

❶神态、语言描写

李二绝户表面上装得很亲热，暗中却想把白胡子老爷爷灌醉。

样的亏，顿时心生一计。①他心里生气，面上却带笑，凑过去说："老哥哥，喝吧，酒有的是，来！"他故意把名叫"三碗醉倒人"的好酒给老爷爷倒上，想把他灌醉。白胡子老爷爷瞅着李二绝户，微微一笑，接过酒来就喝，就这样一口气喝了三十六碗，还是面不改色。白胡子老爷爷用袖子抹抹嘴，说声"谢谢"就走了。第五天，他喝了四十五碗。第六天，他喝了五十四碗。

到了第七天，天刚刚亮，张小想起白胡子老爷爷的话，就往东砬子跑。一出村，老远就闻到一股酒香，听到哗啦哗啦的泉水声。他到了东砬子一看，溜光溜光的砬子尖上长着一棵大山参，通红通红的籽儿，须子紧扎在石头缝儿里。一股泉水顺着大山参的须子从石头缝儿往下流。他用手捧起泉水喝了一口，这哪是水呀！这明明是酒。这酒一喝下去，浑身立刻就不疼了。这不是白胡子老爷爷说的人参酒吗？他赶忙跑回家去告诉他爹。他爹说："好孩子，那个白胡子老爷爷一定是大山参变的，你快去接人参酒，爹喝了病就能好了！"

张小接来人参酒，给他爹喝了。不到一袋烟的工夫，他爹就能下地了。

❷叙述

张小和他爹知道这个秘密后并不藏私，而是广为传播，为父老乡亲造福。这充分体现了他们的善良、淳朴。

②这爷俩乐得不得了——张小扶着他爹赶紧到左邻右舍说了这事。于是，一传十，十传百，人参酒的事很快就传开了。

酒坊的酒快叫白胡子老头儿喝干了，李二绝户这儿天正生闷气呢，大管家跑来报告说：“东砬子出了个酒泉！”他一听就跟着大管家往东砬子跑。到了一看，嗬！好热闹，全村的男男女女、老老少少都提瓶抬罐地来接酒了。

李二绝户和大管家顺着后山爬上东砬子一看，哪是什么泉眼，原来石头缝儿里长着一棵大山参，酒顺着须子往下流，像泉水一样。[1]李二绝户心里全明白了：这是棵宝参，要是把这宝参挖回去，往酒缸里一放，酒就能不断流出来。这样一来，也不用雇那些伙计了。这不发大财了吗？他越想越美，就对大管家说：“赶快回去拿镐头，挖这棵宝参。”

❶心理描写……

李二绝户想把这棵宝参占为己有，充分体现了他的贪婪。

不一会儿，大管家扛着镐头，呼哧带喘地跑来了。李二绝户连气也不让他喘一喘，就吩咐快刨。大管家举起镐头使劲儿地刨下去。这一刨不要紧，只见石头冒出一片火星。火星落到酒里，只听轰的一声，冒起冲天大火，把李二绝户和大管家烧死了。

读书笔记

火灭了，酒也烧干了。大伙儿爬到东砬子上一看，那棵大山参也没有了。可是，在原来长山参的地方却出现了一个泉眼，流出一股清凉的泉水，大伙儿都把它叫作酒泉。从那时候起，人们就懂得用人参酒治病了。

精华赏析

本文讲述了恶霸欺压穷人，山中的老山参用计惩治恶人，造福百姓的故事。反派角色李二绝户丧尽天良，最终因贪心而被活活烧死，实在大快人心。故事体现了正义终将战胜邪恶的美好愿望，寄托了人们对正义的追求和对美好生活的向往。

延伸思考

1. 穷人们为什么那么憎恶李二绝户？

2. 白胡子老爷爷为什么特意去李二绝户那儿喝酒？

相关链接

人参，多年生草本植物。主根为纺锤形或圆柱形的肉质根，根状茎很短，多不明显。初夏开花，花小，淡黄绿色。果实为扁球形，红色。主要分布于中国东北，为“关东三宝”（人参、貂皮、乌拉草）之一；亦见于朝鲜半岛和俄罗斯东部。它是我国一级保护植物。野生的称“野山参”，栽培的称“园参”；按加工方法不同，又分为生晒参、红参等。可补元气，补脾益肺，生津，安神。

人参雀和赶山王

名师导读

相传人参雀和赶山王这两种鸟都是人变的，人怎么会变成鸟呢？让我们一起看看它们的故事吧！

从前，东边有个财主叫佟达财。只因他爱财如命，看见一个铜钱就馋得直淌口水，大伙儿都叫他“佟大钱”。二东家丁兰芝，外号“疔烂指”，也是个坏透了的家伙。

佟大钱雇了个伙计，叫王厚诚。提起王厚诚，他可苦了，从十二三岁开始就给佟大钱干活儿，一直干了四十多年，临死的时候只给儿子王敢留下一大堆债务。那时候父死子还债，十四岁的王敢就给佟大钱放猪顶债。①成天天不亮就得起来挑水扫院子，白天放猪打柴，晚上回来还得劈够第二天的柴。就这么干了好几年，不但旧债没还上，新债又堆成山。真是烂泥里的车轱辘，越陷越深！

佟大钱家里有个丫鬟叫松梅，比王敢小两岁。松梅

❶叙述

王敢每天要干很多活儿，任务十分繁重，但债务却越来越多。这充分体现了王敢生活的艰辛、穷困，反映了财主的贪婪凶恶。

读书笔记

不记事的时候爹妈就死了，后来被人贩子卖到这儿，写个牛皮文书，当了丫鬟。松梅一年比一年长得俊秀、机灵，谁都夸她。

自从王敢来放猪顶债，松梅就看他成天不闲着，觉得他挺可怜的。有时候王敢给小姐送水，两个人就说说闲话，日子长了，两人相处得挺好。松梅侍候小姐睡了，就给王敢洗洗补补。一来二去，两个人就要好了，可是谁也不好意思开口。

等王敢长到二十、松梅十八那年，有一天傍晚，王敢在院子里干活儿，佟大钱摇摇摆摆地来了。王敢就说："东家，我欠你的钱，恐怕这辈子都还不上了。"[1] 佟大钱一听，把脸一翻，瞪着眼珠子说："咋的？你想赖账啊？"王敢说："哪能耍赖呢？我想跟大伙儿进山挖参，碰巧的话，弄点儿货，也好还东家的债。"

❶神态、语言描写 此处的描写体现了佟大钱的凶狠和市侩。

佟大钱小眼睛一眨巴，说："去可以去，可有三条规矩。第一，我雇的队伍不会带你；第二，你这套活儿自己找人干；第三，进山的花销你自己想办法。"

王敢一听，这是存心难为人哪，刚想再说点儿什么，佟大钱一甩袖子进屋了。

王敢回到伙计房，寻思这趟进山是去不成了，就掉起眼泪来。打长工的叔叔大爷们围过来问他，把王敢问得实在没法儿，他才一五一十地说了。大伙儿一听都气不过，替他着急。

俗话说："三个臭皮匠，顶个诸葛亮。"大伙儿想出法了：这个帮他干一样，那个帮他干一样，可就是没钱买米和鞋，谁的兜里也没有一个铜钱。

王敢一宿没睡着觉，早晨起来给小姐送东西，正好碰见松梅给小姐倒洗脸水。看王敢闷闷不乐的样儿，松梅就问他发生了什么事。王敢就把想进山挖参、东家提出的三条规矩和叔叔大爷们怎么帮忙说了一遍，也把没钱买米和鞋的事儿对她说了。松梅连想都没想，就说："你只管去吧。"

读书笔记

松梅整年给那些长工缝缝补补。长工们过意不去，每到打完场算账的时候，不管剩多剩少，总给松梅几个零花钱。松梅不要，可架不住叔叔大爷们再三劝说，也就收下了。她舍不得花一个钱，年头多了，就积攒了一些。

王敢一听松梅说有办法，就乐了："你有啥法？"松梅说："这钱我担了。等吃完晚饭，把钱送去给你。"

① 晚上，王敢拿到钱跟叔叔大爷们一说，大家都替他高兴。有的嘱咐他："孩子，千万别忘了人家松梅呀！"也有人催他去找佟大钱说一声好进山。佟大钱本想为难他，哪知道他办到了，只好应承，可又心生一计："进山这些日子可没工钱啊。"王敢一想：活儿有人给你干，钱不给！他把脚一跺："也罢！"转身就走。

①叙述 叔叔大爷们虽然穷，却都乐于助人，非常热心，知道感恩，与佟大钱的市侩形成了对比。

王敢进山那天，松梅把自己没吃的一顿干粮用红布包好，交给了他，嘱咐他进山要小心这小心那的，最后又说："不管挖着挖不着，都早点儿回来，省得叔叔大爷们惦记着你。"王敢就说："你放心吧。"说完两个人分了手，松梅一直望着王敢，直到他走没影儿了才回去。

读书笔记

王敢按照叔叔大爷们说的，起早贪黑地干了十八天，什么也没挖着，愁得吃不下饭，喝不进水。一想起叔叔大爷们和松梅，就更觉得没脸见他们。

一天傍晚，王敢正坐在一个泉眼边发愁，看见一条小白蛇在泉水里游泳，一只老雕猛地扎下来，照准小白蛇一爪子抓起来。说时迟，那时快，王敢上去就是一棍，把老雕打得扑啦一下子扔下小蛇飞了。王敢正仰脸往天上瞅呢，就听身旁有人说话："好心的大哥，谢谢你救了我的命。"

读书笔记

王敢一看，身旁站着个和自己岁数相仿的小伙儿。那小伙儿长得十分清秀，穿着一身白，就是袖口破了。王敢知道他是那条小蛇变的，又见他挺和气的，也就不怕了，忙说："没啥，没啥！没伤着吧？"

"没有，就撕破了点衣裳，不要紧。要不是大哥你相救，我就完了。"小伙儿说完朝王敢拜了三拜，又说，"我没什么报答你的，你想要什么，只管说，我准能办到。"

王敢想到自己也没做什么，就说："啥也不要。兄弟，我不是那号人哪！"

读书笔记

那小伙儿笑着说："大哥，你真是个好人啊！"他看看王敢又说："我看你脸色，像有什么愁事，再看你打扮，像个挖参的，想必这参挖得不顺当。"

王敢见他挺实在，就把前前后后的事说了。那小伙儿急忙说："大哥，这事你不用愁。你从这儿往东走三百六十步，在一个像坟丘子似的地方停住，那儿有一片人参。可要记住，中间那棵是宝参。你想要做什么，拍拍它，叨咕一遍就成。"小伙儿说完，拜了拜就走了。

王敢到那儿一找。嗬，好大一片人参！不多不少，四十八棵。王敢挖了两天，才挖完。中间那棵宝参顶着一团通红的籽儿，根只有拇指粗，长得疤疤癞癞的，也没根须子。他用松梅给他包干粮的红布把这颗宝参包好，揣在怀里，又把其余的人参打包好，连夜下了山。

读书笔记

王敢刚出林子，就碰见佟大钱雇的挖参队。大伙儿一看王敢的大包，都要看看，一打开都叫好。队伍里有个奸细，是佟大钱的心腹，他上山就为监视大伙儿，防止他们把好参藏起来。一看王敢得了这些好参，他就赶回去给佟大钱送信。佟大钱一听，就和二东家疗烂指在大门口等上了。

傍晚，他们进了庄。疔烂指是个摆弄人参的老手，眼睛比鹰眼还尖，老远就看见王敢走道时脚后跟把土带起老高，就小声对佟大钱说："王敢这小子得宝参了。"

❶动作、语言描写

佟大钱爱财如命，怎么舍得给大伙儿摆酒席呢？他一定有所图谋。

[1] 佟大钱把大伙儿迎进院里，请到东厢房，连声说："辛苦，辛苦！二东家，叫厨房做两桌酒席，我给大伙儿接接风。"说完就上后屋了。

王敢思念松梅，多少日子没见面了，就趁空去找她。两人一见面，高兴得不得了，千言万语一下子也不知说啥好。疔烂指在前院一直叫王敢。他忙把宝参交给松梅，并说："这是小白蛇送给我的宝参，你好生看管着。等我卖了参把债还上，就把你赎出来。"松梅脸一红，就跑了。

三杯酒下肚，佟大钱就开了腔："王敢兄弟，你交财运了。你这参别卖给外人了，我留下，你爹和你欠的账就算了，你还要什么只管说，我决不亏待你。"

❷语言描写……

王敢并不贪心，一心想着答谢叔叔大爷们的恩情并赎出松梅，体现了他的善良和知恩图报。

[2] 王敢说："好吧，债一笔勾销，再给我十两银子答谢叔叔大爷们的恩情，把丫鬟松梅赎出来，别的啥也不要。"

佟大钱一听，这可捡着大便宜了，能把宝参弄到手，啥都有了，就连连答应："行行行，小事一桩！咱办事就图爽快，另外再添你十两银子，你看怎么样？咱们说办就办，管账的，拿二十两银子，把账拿来。"回头又对王敢说："你把人参也拿出来，当着大伙儿的面，咱们一手交人一手交货。”

王敢把人参包裹拿上来，一打开，全是紧皮细纹的好货。佟大钱乐坏了，刚想叫人去找松梅，疔烂指朝他嘀咕了几句，他把眼睛一翻，大吼道：“散席！”大伙儿只好散了。①佟大钱一把抓住王敢，说：“好小子，你骗到大爷我的头上来了？你还有宝参没拿出来。你要是不拿出来，哼！别说松梅，连你的命都在我手里攥着。”

王敢一口咬定没有宝参。疔烂指尖声尖气地笑了笑：“小伙子，好好想想，和松梅过日子倒不难，把宝参交出来吧！我是干什么的，用眼一瞅就明白。你藏哪儿去了？”说完，他朝佟大钱使了个眼色，就走了。

佟大钱叫来四个打手，把王敢吊起来，抽了一顿鞭子。王敢还是说没有。这工夫疔烂指跑进来，把王敢放下来，还假装着数落佟大钱，又对王敢说：“兄弟，真对不起，东家的脾气太暴，你回去好好想想，为了松梅也该……嘿嘿！”说完扶着王敢出来了。

②王敢一想：简直逼得穷人没路可走了！不如放把大火烧了这帮坏蛋，给穷哥们儿出口气，我领着松梅远走高飞……

再说松梅。疔烂指把王敢送回去后，就把松梅叫到前屋。松梅寻思佟大钱又叫她干什么活儿，一进屋见佟大钱脸色不对，她就知道出事儿了。

佟大钱紧盯着松梅说：“王敢答应把宝参给我，我

❶动作、语言描写　佟大钱占了大便宜还不知足，用松梅和王敢的性命相威胁，想强占宝参，体现了他的贪婪和凶恶。

❷心理描写……　此处的心理描写表现了王敢的愤怒和勇敢，他想惩治佟大钱和疔烂指。

也答应让你跟他去，可王敢那小子又不干了。你知道他把宝参藏到哪儿了吗？告诉我，老爷给你寻个有钱的主，享享清福。”佟大钱不知道宝参就在她身上，他想套个准信儿。

松梅明白这是套她话——王敢要是变心也不会把宝参交给她，就说：“不知道。”

刚三更，佟大钱正逼松梅呢，就听有人吵吵“起火”了。先是西院马棚起了火，草干风大，转眼烧到东院，佟家大院变成了一片火海。①伙计们起来拿着家什东跑西窜直吵吵，可谁也没真去救火。等火势大了，他们早就从后门跑了。

①叙述 “谁也没真去救火”说明大家都对佟大钱恨之入骨。

王敢跑到后院不见松梅，小姐屋里也没有，他后悔放火以前没告诉松梅一声，只得到前院来找。佟大钱知道这火准是王敢放的，就叫打手们抓王敢。正好王敢跑到前院，好虎架不住群狼，教打手们逮住了。佟大钱破口大骂：“放火烧我，我也不能叫你活着！给我扔到火堆里！”王敢让火烧得直蹦，心想烧你个片瓦不存才好，嘴里直喊：“梅妹妹，凑火！梅妹妹，凑火！”这时候，王敢变成一只小雀飞起来，一边叫“梅妹妹，凑火”，一边围着佟家大院绕圈。说也怪，这火就像泼了油一样越烧越旺，佟家大院看起来没救了。

读书笔记

松梅教打手看着动不了，又见王敢被扔进火里后变成了小雀，还直叫她凑火，眼泪哗哗地流下来。她不知不觉用手摸摸宝参，小声地说：“叫我也变只雀，跟王敢哥哥一块儿去吧！”刚说完，只觉身子一紧，宝参一动，她也变成了小雀，嘴里叫唤着：“王敢哥哥，王敢哥哥！”有人看见这只小雀腿上还绑着块红布。

读书笔记

这两只雀一块儿围着佟家大院飞了三圈后，就奔东南方向去了。

佟家大院烧了三天三夜，烧得片瓦不留。佟大钱、疖烂指和那些坏家伙们，一个也没跑出去，都被烧死了。

打那以后，长白山里就多了两种雀：一种是王敢变的，叫赶山王；一种是松梅变的，叫人参雀。

精华赏析

本文主要讲述了善良的小伙子王敢在财主的压迫欺辱之下奋起反抗，最终与心爱之人双双化作小雀的故事，塑造了佟大钱和疖烂指两个贪婪凶狠、恶贯满盈的反派人物形象，以此反衬出以王敢和松梅为代表的穷苦百姓的善良、勇敢。

延伸思考

1. 王敢是怎么得到宝参的？

2. 王敢为什么要放火烧佟家大院？

日月潭

名师导读

太阳和月亮为人间带来了光明，但有一天，太阳和月亮突然消失了，天地间一片黑暗，这是怎么回事呢？让我们一起来读读故事吧！

古时候，大清溪边住着一对青年夫妇，男的叫大尖哥，女的叫水社姐。他们专靠捕鱼生活：织大网捞鱼，做浮筒钓鱼，钻进深潭在石岩底下摸鱼。

小夫妻的日子过得挺甜蜜。

有一天中午，太阳在天空照耀着，他们钻进溪水里摸鱼。忽然，轰隆一声，大地震动了，溪水也翻腾起来，在水底下看不见东西了。他们急忙浮上水面。啊！太阳不见了，天上黑黑的，地上也是黑黑的。他们只好手拉着手爬上岸，高一脚低一脚慢慢地走回家。

读书笔记

到了晚上，月亮出来了，夫妻俩在月光下补渔网。又听得轰隆一声，地面上的石头和房子都震动起来。月亮一闪就不见了。天上黑黑的，地上也是黑黑的，他们只好慢慢地推开房门，进屋睡觉。

从这天起，天上没有太阳，也没有月亮，日夜都是黑黑的。

大尖哥和水社姐只好烧起柴火在家里做事，点燃松蜡下溪捕鱼。

①不久，田里的禾苗黄白黄白的，长不起来。山上的树木也低垂着叶子，没精打采。

花不开了，果子不结了，鸟不叫了，家家户户都在唉声叹气。

①景物描写……太阳、月亮消失后，大自然和人们的生活都受到了巨大的影响。

大尖哥坐在溪边对水社姐说："这种日子怎么过呀？"

水社姐顺手抓了一块石头扔到溪里，长长地叹了一口气，说："不光我们俩的日子难过，所有人的日子都难过呀！"

大尖哥说："太阳和月亮一定落到地上来了。可能在大山里，也可能在大森林里。我想去寻找它们，要回我们的光明。"

读书笔记

水社姐说："好哇！我们两个人一起去吧！"

小夫妻拿起大火把往大山走去，往森林深处走去。

在路上，他们看见一个大婶弓着背在锄甘蔗地，地边烧起一堆柴火。她一锄一歇的，很没劲儿。水社姐问道："大婶，你锄地为什么无心懒意的呢？"

大婶回答的声音是凄凄凉凉的："没有太阳，没有月亮，甘蔗种起来也长不大啊！我还有什么心思锄地呢？”

大尖哥说：“你在这里好好锄地吧！我们去把太阳和月亮找回来。”

大婶望一望黑黑的天，说：“太阳、月亮消失了，还能够找回来吗？”

读书笔记

小夫妻信心满满地点点头，打着火把继续向前走。

在路上，他们看见一个小伙子烧起柴火在放牛，小伙子躺在地上尽叹气。

大尖哥问道：“小哥哥，你为什么叹气呀？”

小伙子回答的声音是凄凄凉凉的：“没有太阳，没有月亮，牛没有青草吃啊！”

水社姐说：“小哥哥，你看好牛吧！我们去把太阳和月亮找回来。”

小伙子翻身爬起来，说：“太阳、月亮消失了，还能够找回来吗？”

“我们一定能够找回来的。”

小夫妻满怀信心地打着火把继续向前走。

①他们走啊，走啊，爬过了一座又一座高山，蹚过了一条又一条大河，穿过了一片又一片密林。一支火把熄了，又点上一支，一支接一支地燃着。

可是，他们在大山上，在森林里，不见太阳的影子，也不见月亮的影子，天上黑黑的，地上也是黑黑的。

有一天，他们走到一座大山上，望见远远的地方亮

❶叙述

“爬过了一座又一座高山，蹚过了一条又一条大河，穿过了一片又一片密林”充分体现了夫妻俩寻找太阳和月亮时的艰辛。

一阵暗一阵，暗一阵又亮一阵。

小夫妻欢呼着说："太阳和月亮一定在那里了！"

① 他们拿着火把连跳带跑地朝有光亮的地方奔去。

在路上，他们看见一个老爹爹坐在草屋门口抱着头唉声叹气。

大尖哥问道："老爹爹，前面那地方一亮一暗的，是太阳和月亮掉在那里了吧？"

老爹爹抬起阴沉的脸，半天才说："是啊，太阳和月亮在那里呀。可是，那太阳、月亮不是我们的了。"

小夫妻心里奇怪，走到老爹爹身旁，和他交谈起来。

② 老爹爹说："前面不远处有个深深的大潭，潭里有两条恶龙，一条公龙，一条母龙。有一天，太阳走过天空，公龙飞起来，一口吞食下肚。晚上月亮走过天空，母龙也飞起来，一口吞食下肚。这一对恶龙在潭里游来游去，把太阳和月亮一吞一吐、一碰一击的，像玩大珠子一样。你们看，潭里面不是一会儿亮一会儿暗吗？那就是它们在一吞一吐哇！它们只图自己好玩，却没想过千千万万的人没有太阳和月亮日子过不下去啊！"

大尖哥说："老爹爹，我们点起火把，跋山涉水，就是专门来夺回太阳和月亮，让千千万万的人过上好日子的。"

老爹爹说："孩子，恶龙凶猛啊！太阳和月亮它们一

❶动作描写……"连跳带跑"表现出他们内心的欣喜、激动。

❷语言描写……老爹爹的话解释了太阳和月亮消失的原因。

读书笔记

口都能吞下肚，你们一对小夫妻能够和它们斗吗？”

水社姐说：“我们一定能夺回来的。”

老爹爹忧虑地望着他们，默不作声。

小夫妻拿起火把，继续向前走。走到大潭边，看见两条巨大的恶龙在潭里吞吐太阳和月亮。太阳和月亮碰得咚咚响，潭面上一会儿亮一会儿暗。

读书笔记

大尖哥和水社姐伏在潭边大石岩上，小声商量着怎样杀死这两条恶龙，怎样夺回太阳和月亮。

恶龙的嘴巴大大的，只要舌头轻轻一伸，就可以把一对小夫妻卷进嘴里。怎么办呢？他们商量了许久，也想不出一个好办法。

忽然，大石岩下面冒出烟来。他们低头往下望，原来大石岩下有一个深深的岩洞，烟是从那洞里飘出来的。

大尖哥说：“这岩洞一定通到潭底恶龙住的地方，我们钻进去看看。”

读书笔记

水社姐说了一声“好”，跳下大石岩朝洞里钻去，大尖哥跟在后头。

洞里黑黢黢的，散发出霉湿的泥土气味。

他们走了很久很久，越往前，洞越宽大。忽然前面出现一片火光，他们走过去一看。啊！原来是一间厨房，一个白发老婆婆正在灶边煮饭呢。

小夫妻看到老婆婆慈眉善目的，断定她绝不会是坏人。大尖哥走过去问道：“老婆婆，你好！你在这里煮饭吗？”

① 老婆婆猛然听见人的声音，抬头见是一对青年男女，她急忙放下锅铲，过去抓住他们的手说：“啊！孩子们，我许久没有见到过人了！你们叫什么名字啊？”

①语言、动作描写

“急忙放下锅铲”“抓住他们的手”体现出老婆婆内心的急切，说明她很久没有见过人了。

大尖哥说：“我们是在溪里捕鱼的一对夫妻，她叫水社，我叫大尖。老婆婆，你为什么在这里呢？”

老婆婆摇着头，流着眼泪，说出了她的遭遇。原来，老婆婆年轻的时候住在山腰，一家人过着快快乐乐的日子。有一天，她在后山锄甘蔗地，忽然一阵大风吹来，半空中出现两条巨大的恶龙，它们用尾巴向地上一卷，就把她卷到这个深深的岩洞里。她每天替恶龙煮饭吃。日子一天一天地过去，她不晓得过了多少年，只晓得自己黑黑的头发全变白了，光滑圆润的脸变得皱巴巴的了。

老婆婆又说：“孩子们，你们快出去吧！恶龙在潭里玩腻了就会回洞里吃饭的。它们见到你们，必然一口吞下去。”

读书笔记

大尖哥说：“恶龙吞食了太阳和月亮，人们很难生活。我们是特地来杀恶龙，夺回太阳和月亮的。”

老婆婆想了想，说：“孩子们，你们两个人怎能杀得死恶龙呢？我曾经听见公龙和母龙在吃饭时的谈话。母龙骄傲地说：‘我们是天不怕、地不怕的龙啊！’公龙说：‘我们就怕阿里山脚下的金斧头和金剪刀。若是有人把金斧头和金剪刀丢入潭里，金斧头会自动劈开我们的头，金剪刀会自动剪断我们的喉咙。那我们就完蛋了。’母龙慌了起来，说：‘我们赶快去把它们毁掉吧！’公龙说：‘不要紧，它们埋在深深的山底，没有人晓得，就是晓得了，也没有本事挖出来！’

“你们要想杀死恶龙，夺回太阳和月亮，只有到阿里山脚下挖出金斧头和金剪刀才行。孩子们，我恨死恶龙了！我很想回家啊！”

读书笔记

大尖哥说：“老婆婆，我们一定能挖出金斧头和金剪刀。等我们杀死恶龙，再来接你回去吧！”

水社姐忽然想起，挖山没有锄头怎么行。她问道：“老婆婆，你有锄头吗？能借两把给我们挖山吗？”

老婆婆给他们一把大锅铲、一把大火钳，说：“这是恶龙的东西，你们拿去挖山吧，大概会比锄头好用。”

大尖哥和水社姐接过锅铲、火钳，辞别了老婆婆，从洞里钻了出来。他们点起火把，一直朝阿里山跑去。

读书笔记

他们到了阿里山脚下。大尖哥用火钳凿地，水社姐用锅铲挖土。凿哇凿，挖呀挖，不晓得过了多少日子，终于在山脚下挖出了一个深深的大洞。忽然，洞里轰隆一声，紧接着发出了红光，金斧头和金剪刀出现了。

大尖哥捡起金斧头，水社姐捡起金剪刀，跑出洞来。

小夫妻好高兴啊！

他们一步不停，一直朝恶龙住的大潭跑去。恰好公龙和母龙又在潭里游来游去，把太阳和月亮吞进吐出、一碰一击。

大尖哥站在潭边大石岩上把金斧头丢下潭去。只听见轰隆轰隆的声音，两条恶龙在潭底翻来翻去，浪花掀起几丈高。忽然，两条恶龙满头是血，冒出水面，要向天空飞去。

读书笔记

水社姐急忙把金剪刀丢下潭去。只听见咔嚓咔嚓的声音，恶龙的头沉入潭水里。一会儿，潭水平静了，一对恶龙直挺挺地躺在潭底，脖颈上冒着鲜血，把潭水也染红了。

金斧头和金剪刀在潭里一晃，不见了。

太阳和月亮从恶龙的口里滚出来，在潭里一浮一沉，好明亮啊！

大尖哥和水社姐站在潭边大石岩上拍手大笑。大尖哥说："恶龙死了，可是太阳和月亮还沉在潭里，也没有用啊！怎样使它们飞回天上呢？"

读书笔记

他们呆呆地望着潭水，想不出办法。

水社姐说："我们还是去找老婆婆商量商量吧。"

他们又钻进大石岩下的深洞里，又见到老婆婆摇着头在灶边煮饭。

大尖哥说："老婆婆，恶龙被杀死了，请你出去吧！"

老婆婆一听恶龙死了，笑得两眼冒出泪花儿，她颤声说："孩子，好孩子，我们出去看看吧！"

老婆婆和这对青年夫妻钻出洞，站在潭边大石岩上。

大尖哥说：“老婆婆，怎样才能把太阳和月亮送上天去呢？”

老婆婆想了一想，说：“我听老一辈说过，人吃了龙的眼珠，会变得身长力大。你们取来吃了，把太阳和月亮抛上天去吧！”

读书笔记

小两口都会游水，他们听完，即刻扑通跳下潭去。

大尖哥摘下公龙的两颗眼珠，一口吞下肚；水社姐摘下母龙的两颗眼珠，也一口吞下肚。忽然，他们变成又高又大的巨人，站在深潭里像两座高山。

他们捧起太阳用力往天上抛。太阳在半空中飘了一会儿，又落回潭里。抛了三次，落了三次。

老婆婆站在潭边大声喊：“孩子们，潭边有两棵高大的棕榈树，你们把它们拔出来托太阳上天好啦！”

夫妻俩伸手到潭边，各自拔了一棵几十丈高的大棕榈树。

①他们抬起太阳，使劲儿抛上天空，然后用棕榈树向上托着。这样整整弄了三天，终于把太阳送上天去了。

①动作描写……这两句话生动形象地写出了夫妻俩用棕榈树把太阳托上天的过程。

太阳红彤彤的，照旧在天上行走。地上的花草树木活了，人们笑了。

夫妻俩又抬起月亮，使劲儿抛上天空，再用棕榈树向上托着，整整弄了一天。当太阳往西边走的时候，月亮终于上了天。

晚上月亮明亮亮的，照旧在天上行走。

地下的人们在月光下拍手、唱歌、跳舞。

大尖哥和水社姐手拿着大棕榈树，笔挺挺地站在潭的两边。大尖哥仰起头来望天上，水社姐低下头来望潭里。

读书笔记

老婆婆对大尖哥说："大尖哪，恶龙死了，太阳和月亮也到天上了。我们回家去吧！"

大尖哥说："我要守住太阳和月亮，不让它们再掉下来。我要使太阳和月亮永远在天上明亮亮地照着，让人们过着美美的日子！"

老婆婆对水社姐说："水社啊，恶龙死了，太阳和月亮也到天上了。我们回家去吧！"

水社姐说："我要守住恶龙，不让它们再活过来。我要使太阳和月亮永远在空中明亮亮地照着，让人们过着美美的日子！"

读书笔记

老婆婆说："你们都是好孩子啊！"说完，她独自回老家去了。

大尖哥和水社姐笔挺挺地站在潭边守着，守着。

时间一天一天地过去了，一月一月地过去了，一年一年地过去了。大尖哥和水社姐变成两座雄伟的大山，这两座大山永远守在大潭的旁边。后来，人们把这个大潭叫作"日月潭"，把这两座大山分别叫作"大尖山"和"水社山"。

读书笔记

人们天天想念着大尖哥和水社姐。每年秋天，大家穿着美丽的服装，拿起竹竿和彩球来到日月潭边。他们把球抛上天空，然后用竹竿向上托，不让球落下来。他们在学大尖哥和水社姐托太阳、月亮上天的样子呢。

高山族人把这种玩法叫作“托球舞”。

精华赏析

本文讲述了恶龙吞食太阳和月亮后，大尖哥和水社姐寻宝屠龙，并化为山峰守卫在日月潭边的故事。这个故事赞扬了大尖哥和水社姐英勇无畏、舍己为人的精神，体现了高山族劳动人民痛恨黑暗势力、勇于对敌作战的坚强意志和追求美好生活的愿望。

延伸思考

1. 太阳和月亮为什么消失了？

2. 恶龙最怕的是什么东西？

相关链接

日月潭，在我国台湾省中部南投县山中，是台湾省最大的天然湖泊。湖中光华岛将湖分成两部分，北部像太阳，南部似上弦月，故名日月潭。日月潭波平如镜，周围翠山环抱，景色优美，是著名的风景区。

秀姑和彭佳

名师导读

秀姑本是一位美丽的姑娘，彭佳则是一位英俊勇敢的少年，但在传说中他们分别化作一座山和一座岛，遥遥相望。这是为什么呢？让我们一起来读读故事吧！

台湾省中部玉山附近有座高山叫作“秀姑峦山”，台湾省北面的大海里有座岛叫作“彭佳屿”。关于这座山和这座岛，古代民间有个动人的传说。

古时候，梨山脚下的木楼里住有母女二人。[1]女儿名叫秀姑，秀姑的头发像一朵青云，眼睛像两颗星星，脸蛋儿像一轮明月，身上穿着自己织的达戈纹。好一个美丽的姑娘！

❶外貌描写…… 此处的描写生动地展现了秀姑的美丽动人。

高山擂鼓千里响，高山种花千里香。十里八乡的许多小伙子都来到秀姑家木楼前的草坪上唱歌。

秀姑多次站在木楼的走廊上唱歌拒绝：

百里的藤条爬来要缠檀香树，

千里的蜜蜂飞来要采山茶花。
你们高兴而来失望而去吧，
秀姑要终身伴着年老的妈妈。

读书笔记

小伙子们垂头丧气地走了，棕叶鞋上沾满了草上的露水。

秀姑的妈妈对秀姑说：

哪有藤条不想缠檀香树？
哪有蜜蜂不想采山茶花？
女儿你选一条藤一只蜂吧，
让一个小伙子和你共同照顾妈妈。

秀姑昂起头回答：

读书笔记

不是檀香树不想藤条，
不是山茶花不想蜜蜂。
只是我还没见到坚韧的藤条，
也没有见到一只英俊的蜜蜂。

妈妈拉着女儿的手说：

天下难寻那么坚韧的藤条，

天下难寻那么英俊的蜜蜂。
你头发将会和我头发一样白，
你会守着一盏孤灯独坐屋中。

秀姑听了妈妈的话，晚上睡在床上翻来覆去，床板吱吱作响，快到天亮才睡着。她梦见一个白胡子老人站在床边说："大海里有一只金色大蚌，每天清晨来到东岸边。太阳出来时，它向天空吐出腹里的宝珠。你拿到这颗宝珠，回来用彩色丝线缠绕成彩球，你托彩球上天空，哪个青年能用箭射中彩球，就可以做你丈夫。彩球里有宝珠，只有最好最好的青年才能射中……"秀姑醒来，手拿工具跑到海岸边。太阳出来了，一只金色大蚌果然在海边吐出发光的宝珠。秀姑爬上石崖，用工具捞到宝珠，掉转头就跑回家，用彩色丝线编织成一个彩球，将宝珠包在里面。她在梨山上砍了一根长长的紫竹，用竹条扎一个敞口小筐，将彩球放进筐里。她对小伙子们说："到中秋节那天，我在木楼前的草坪上托彩球上天，谁用弓箭射中了彩球，我就迎接他上木楼，和他成婚。"

读书笔记

读书笔记

中秋节到了，各处的小伙子都带弓箭来到木楼前的草坪上，排成圆形的队伍。秀姑打扮得像一只美丽的孔雀，她站在草坪中间，用紫竹竿托起彩球。彩球慢悠悠地升上天空。小伙子们依照顺序射彩球，没有一个射中。

秀姑笑着唱道：

绣球天空飘乖乖，
小伙子们箭头射得歪。
姻缘不成莫烦恼，
苦学苦练明年中秋来。

读书笔记

小伙子们蔫头耷脑地走了，秀姑拿着紫竹竿和彩球上木楼。妈妈叹一口气说：

山头的红山茶太娇娇，
姑娘的眼角太刁刁。
这么多的小伙子选不中一个，
看你在木楼上做独苗苗。

秀姑撩撩头发，昂起头回答：

山头的红山茶本来娇，
姑娘的眼角就是刁。
① 孔雀不与乌鸦配，
金鹿哪能配山猫？

①语言描写　秀姑把自己比作孔雀和金鹿，把那些小伙子比作乌鸦和山猫，表明没有她相中的人。

到了第二年中秋节，秀姑照样在木楼前的草坪上用紫竹竿托起彩球，许多小伙子都射不中。忽然，有个头插野鸡毛的人，带着一百个鼠头鼠脑的兵丁来了。一百支箭一齐射向空中的彩球，箭箭都落空。

原来浊水溪边有个大坏蛋，自称浊水国王。他听说秀姑长得很美，又在托彩球招亲，就派一个小头目带了一百个兵丁来，并吩咐说："一百支箭齐发，总会射中。若射不中，就抢那秀姑回来！"

①百支箭射不中，小头目下令叫兵丁抢秀姑。忽然，空中的彩球向小头目冲来，撞破了他的眼珠，血流满面。来求婚的小伙子们早就恨透了这些坏蛋，现在又见兵丁动粗，于是一齐大骂，把箭射向兵丁。小头目捂着流血的眼睛，带着兵丁狼狈地逃跑了。

①叙述 小头目见射不中彩球就命令兵丁强抢秀姑，体现出这伙人的蛮横和凶残。

秀姑又唱起歌来：

坏蛋的心肠黑又黑，
全得众弟兄赶狗豺。
秀姑向你们谢又谢，
明年中秋请再来。

读书笔记

秀姑回到木楼上，妈妈叹一口气说：

山头的红山茶太娇娇，

姑娘的眼角太刁刁。

① 如今惹得豺狼到，

看你今后怎开交！

❶语言描写……
这句话表明妈妈担心秀姑得罪了坏蛋，会遭到他们的报复。

秀姑撩撩头发，昂起头说：

山头的红山茶本来娇，

姑娘的眼角本来刁。

不怕豺狼和虎豹，

彩球里的宝珠本领高。

第三年中秋节，秀姑又在木楼前的草坪上用紫竹竿托起彩球，可小伙子们仍旧箭箭落空。

② 忽然，一个英俊的青年，头围紫带，腰束豹皮，手执弓箭，骑着一匹大红马，像一朵红云飞驰而来。他高叫："看我彭佳的箭！"他向天空射了一箭，正中彩球。箭头穿着彩球向木楼飞去，当的一声，箭和彩球钉在秀姑闺房的门头上。

❷外貌描写……
此处的描写充分体现了青年的英俊勇武。

众小伙儿一齐喝彩："好一支姻缘箭！"他们喝完彩后，心头又凉悠悠的，垂下头各自回家，棕叶鞋上沾满了沙尘。

秀姑笑眯眯地走下楼，拉住彭佳的马缰绳，把彭佳拉到木楼下，说："英俊的小伙子，请下马登楼吧，这里就是你的家。”

彭佳跳下马来。秀姑牵着彭佳的手上了木楼，她对妈妈说：

读书笔记

喜鹊树上叫喳喳，
虹云飞进我的家。
一箭射中宝珠球，
英俊的青年叫彭佳。

秀姑的妈妈见这小伙儿像一棵挺拔的青杉，笑得嘴巴也合不拢，唱道：

天上的孔雀成了对，
地上的金鹿配成双。
美丽的女儿英俊的郎，
木楼里面满红光。

读书笔记

秀姑笑眯眯地将一杯糖茶递给彭佳，又坐在彭佳身旁。彭佳不喝糖茶，将杯子放在桌上，说：“伯母、秀姑，我不能接受你们的好意。”

秀姑和她的妈妈吓了一跳，脸也青了。彭佳接着说：“浊水溪的坏蛋自称浊水国王，把老百姓作为他的奴隶，还随意残杀。我的父母和兄弟姐妹就是被他杀死的。他养了大批的军队，我们打不过他。听说秀姑有一颗宝珠，专打坏人的眼珠。我为了替老百姓除掉坏人，为了替我的家人报仇，特地来向秀姑借宝珠。”

秀姑听到彭佳的话，觉得他真是个了不起的英雄，心里更加钦佩，说道：“彭佳哥，我可以借宝珠给你，替老百姓除害，替你的家人报仇。不过，不过……”她说到这里，脸像块红布，低下头不出声了。

读书笔记

秀姑的妈妈接着说：“不过，这不妨碍你和我的女儿成婚哪！”

彭佳说：“我去和坏蛋打仗，说不定生死，也说不定时间。假如不幸，就会耽误了秀姑的终身，我决不能应下这婚事。”

秀姑含着眼泪，温柔地唱道：

天下难寻坚韧的藤条，
天下难寻英俊的金鹿。
我英勇的彭佳哥呀，
我永远是你臂膀上的一块肉。

①彭佳听了歌声，沉吟片刻，说道：“此事等以后再提吧，请姑娘借宝珠给我。为了解除老百姓的痛苦，事情很急迫啊！”

❶语言描写……彭佳把为百姓除害放在首位，体现出他的勇敢、无私。

秀姑起身取下门头上的金箭和彩球，把包有宝珠的彩球挂在彭佳的胸口，把金箭收藏起来。她用皂角在自己的手臂上刺了只金鹿，涂上蓝靛；又在彭佳的手臂上刺了一朵山茶花，也涂上蓝靛。她唱道：

我手臂刺上金鹿像，
你手臂刺上山茶花。
你十年不回我等十年啊，
等我的彭佳转回家。

读书笔记

彭佳点点头，深情地望了望秀姑，然后大步下楼，骑上大红马，像一朵红云般飞走了。远远飘来一句响亮的话："秀姑，我们迟早会再见面的。"秀姑站在木楼走廊上，深情地望着他的背影，两滴眼泪轻轻地落在木栏杆上。

秀姑在家织达戈纹，准备做成婚时的新被面；又打扫出一个房间，布置为新房。

① 木楼对面山上的红山茶，花开又花落；木楼旁边的苦楝树，叶青又叶黄。可是，彭佳还是没有回来。木楼走廊的楼板，被秀姑的脚踏薄了；木楼走廊的栏杆，被秀姑的手攀细了。妈妈病得瘫在床上不能行动了。

❶叙述

时间渐渐过去，但彭佳还没有回来。他究竟怎么样了？此处设置悬念，吸引读者的阅读兴趣。

有一天，秀姑拔下发髻上的金箭，在走廊上的木盆里洗头发。忽然，一道红光从空中闪下，当的一声，一件东西落在木盆里。秀姑拾起来一看，啊，宝珠彩球！她披着湿头发，拿起彩球到床边给妈妈看，笑着说：

❶语言描写……

秀姑看到彩球飞回来后，喜不自胜，以为彭佳就快回来了。

[1]树上喜鹊叫喳喳，
宝珠彩球飞回啦。
我笑得眉毛直飞舞，
彭佳不久就回家。

妈妈看到彩球也笑呵呵的。可是，等了一天又一天，彭佳的大红马还没有在木楼下嘶叫。

一天晚上，秀姑取下发髻上的金箭，躺在床上，双手搓揉，然后放在胸口，睡着了。她梦见一个白胡子老人手拄拐杖，站在床前，说道："秀姑，彭佳骑起大红马跑到浊水溪边和国王的军队打了很久的仗。他用宝珠彩球打瞎了国王的一双眼睛。可是，一不留心，彭佳连人带马落进陷阱里，被国王的军队擒住了。[2]国王恨透了彭佳，叫兵丁把彭佳的手脚打断了，把大红马的腿也打断了。他不让彭佳死得那么痛快，派兵丁绑起彭佳和大红马，用船运到北面大海里的一个岛屿上，让烈日晒，让海水淹，慢慢地折磨死彭佳和大红马。彭佳落进陷阱时，知道自己难免一死，怕宝珠落在国王手中，忙把彩球吞进肚里。他在岛屿上吐出彩球，彩

❷叙述……

国王想慢慢地折磨死彭佳，表现出他的阴狠歹毒。

球便飞落你家来报信。还有一个月，他和大红马就要被烈日晒死，被海水淹死了。你赶快拿起彩球，向北走去。走到北面的大海边，你把宝珠拿出来向着大海说：‘金色大蚌，我还宝珠给你。请你驮我到彭佳受难的岛屿上，我用宝珠搓揉彭佳和大红马的断手断脚，医好了他们，你再驮彭佳、大红马和我回来。金色大蚌啊，帮秀姑一忙吧！’那金色大蚌是很善良的，必然肯帮助你。①你快去吧，过了一个月就不能救活彭佳了。可是，你得留心，半路上切不可听信坏人的话，走错了路……”

①语言描写……

老人劝告秀姑不能听信坏人的话，为后文埋下伏笔。

秀姑醒来后，回想起刚才的梦，半信半疑。她来到妈妈的床边，妈妈也醒了，说道：“女儿啊，我刚才做了一个梦。”妈妈把梦中白胡子老人的话讲出来，恰好和秀姑的梦一样。妈妈说：“女儿，你快去救彭佳吧！快，快！”

秀姑伏在妈妈身上哭泣，说：“妈妈，你病在床上，我怎能离开你呢！”

妈妈闭上眼睛想了想，说：“刚才白胡子老人说，对面山上有一棵桑树，树枝上长有桑寄生，可以医好我的病。现在天亮了，你快去采来！”

秀姑手提竹篮，爬上悬崖，采了一篮桑寄生回来。她想：医好妈妈的病，我就可以去救彭佳了。

②当她高兴地回到木楼上时，却看见妈妈躺在床上

②叙述……

妈妈把秀姑支开，宁可自尽也不愿拖累秀姑，表现出她深沉的母爱。

已经断气了，一双无光的眼睛睁得大大的，左手拿着一顶棕叶帽，右手拿着一双棕叶鞋。

读书笔记

秀姑明白了：妈妈怕拖累我，怕我为了她的病不去救彭佳，故意叫我去山上采桑寄生……她伏在妈妈身上痛哭了一阵，用沾着眼泪的手去揉妈妈的眼皮，说道："妈妈，我一定会把彭佳救回来的，你闭上眼睛吧。我和彭佳会请一个仙医来救活你，你等着吧。"说完，只见妈妈的眼睛闭上了。

秀姑取下妈妈手中的棕叶帽、棕叶鞋，将一床达戈纹被单覆盖在妈妈的身上。她头戴棕叶帽，脚穿棕叶鞋，胸怀宝珠，向着妈妈跪拜，流着眼泪说："妈妈，我去了！"说完，她飞快地跑下木楼。

❶叙述：秀姑为了救彭佳，日夜不停地赶路，表现出她对彭佳的深情。

①秀姑依照白胡子老人的指引，日夜不停地向北走。饿了，摘山果吃；渴了，捧泉水喝。她走了五天，来到一条小溪边，看见一个穿黑衣服的老妇人在采野草。秀姑说："老奶奶，你采的是什么呀？"老奶奶说："我采草药替人们治病呗。姑娘，你到什么地方去呀？"

❷语言描写：梦中的白胡子老人让秀姑往北走，但老奶奶却说秀姑走错了路，让她向南走。谁才是对的呢？

秀姑见老奶奶采药救人，认为她一定是个好人，于是就把救彭佳的事一五一十地讲给她听。

老奶奶大吃一惊，说："姑娘，你走错路了！越走离彭佳所在的地方越远了。"②她向南指了指，又说："朝这个方向，走半个月就可以见到彭佳了。快啊，迟了就赶不上了。”

秀姑听信了老奶奶的话，依照她指的方向走去。走了十里路，听到天上飞过的一只大黑乌鸦呱呱叫了两声。高山族人认为乌鸦是不吉利的鸟，秀姑吐了一口唾沫，说道：“老乌鸦，莫呱呱。一箭射死你，煎你成油渣！”

读书笔记

秀姑一心要去救彭佳，走得很快。棕叶帽被风雨打坏了，她不管，她不怕日晒雨淋；棕叶鞋被石块磨破了，她不管，她不怕脚板流血。就这样，她的身体变得越发瘦弱了。

秀姑走了二十天，来到一条小溪边，想蹲下去喝水。由于身体太虚弱，她头昏眼花，掉进了溪水里。附近村里的一个白胡子老爹经过，忙把她救上来，并询问她情况。她一五一十地把事情的经过告诉老爹。

① 老爹叹一口气说：“你受了黑衣老妇人的骗了。她是坏蛋国王养在身边的老乌鸦。她骗你走错路，这里离彭佳所在的岛屿越来越远了，你再朝北走，两个月才能走到，救不了彭佳的性命了。”

❶语言描写 ……

秀姑上了坏人的当，走错了路，与前文相照应。

秀姑听了老爹的话，仰天长叹：“彭佳哥，我不该听信坏人的话，走错了路，救不了你了。我有罪啊！”她心中一急，加之身体衰弱，便吐了一大摊血，含恨死去了。

老爹到村上叫来几个小伙子，把秀姑埋葬在山上。

读书笔记

秀姑怀里有宝珠。宝珠使山抬升，让秀姑望得见彭佳所在的岛屿。人们把这座高高的山称作“秀姑峦山”。

一个月以后，彭佳死了。一大群海鸥叼来石块、珊瑚，把彭佳和大红马的坟堆得高高大大的，让彭佳看得见秀姑。人们称这个岛屿为“彭佳屿”。

浊水国王自眼睛被打瞎后，便一病不起，不久就死了。他的儿子继承了王位，比他更坏，更加残酷地迫害百姓。有一天，新国王和一伙大臣到乡间抢掠姑娘和牛羊，耀武扬威地经过秀姑峦山。突然，一颗宝珠闪出白光，从山腹飞了出来，把新国王和大臣们的眼睛都打瞎了。他们哭天喊地地滚下山涧，摔了个粉身碎骨。

读书笔记

海里的金色大蚌来到海边，张开蚌壳，把那颗宝珠吸了进去，然后缓缓地游进了大海的深处。

千百年来，秀姑峦山和彭佳屿遥遥相对，互相深情地望着。

精华赏析

本文讲述了秀姑用宝珠选中彭佳作为丈夫，但彭佳在与坏蛋国王的斗争中失败，最终死去并化为岛屿，秀姑也因未救下彭佳而含恨离世，最终化为高山的故事。这个故事歌颂了秀姑对彭佳矢志不渝的深情，也赞美了彭佳英勇无畏的精神和正直善良的品质。文中多处运用山歌对唱，为整个故事增添了许多光彩。在中华文化中，山歌的“俗”和诗词歌赋的“雅”相互映照，缺一不可。

延伸思考

1. 彭佳为什么没有答应娶秀姑？
2. 秀姑为什么没有救到彭佳？

长发妹

名师导读

陆高山附近以前没有水，人们的生活非常不方便，但突然有一天，陆高山上出现了一道瀑布，这瀑布是怎么来的呢？让我们一起来读读故事吧！

读书笔记

陆高山的山腰上有一道长长的瀑布，这瀑布就像一个女子躺在悬崖边，把她那又长又白的头发垂下山来。当地的人把这瀑布叫作“白发水”。这里流传着一个美丽的故事。

很早以前，陆高山附近是没有水的。这里的人们吃水、用水都要靠天下雨；假若天不下雨，就得到七里外的小河里去挑水。所以，这里的水像油一样宝贵。

陆高山附近的村庄里有个姑娘，她的头发黑油油的，由头顶一直拖到脚后跟，大家都叫她“长发妹”。

长发妹只有一个生病的妈妈，妈妈躺在床上动弹不得，家里就靠长发妹一个人养猪来维持生活。

①长发妹每天从早忙到晚，到七里外的小河里挑

①叙述 这句话体现出长发妹的勤劳和生活的艰辛。

水，又到陡高山上扯猪草回来喂猪。

有一天，长发妹背起竹篮到陡高山上去扯猪草。她爬过一道大悬崖，忽然看见一个萝卜长在大石壁上，叶子绿绿的，非常可爱。她想：把这个萝卜拔回家去煮着吃，一定香甜可口。

于是，她用双手使劲儿一拔，拔出一个圆圆的红皮萝卜，足足有茶杯那么粗。萝卜拔出来之后，石壁上出现了一个圆圆的洞眼儿，从洞眼儿里流出一股清清的泉水来。可是，不一会儿，萝卜嗍的一下从她手里飞了出来，再噗的一下塞进洞眼里，水流不出来啦。

长发妹口渴，想喝水，于是她又把萝卜拔出来。洞眼儿里又流出了泉水。她凑近洞眼儿，饱饱地喝了几口水，这水清凉甘甜，像雪梨汁一样。她的嘴刚离开洞眼儿，萝卜又从她手里飞了出来，仍旧塞在石壁上的洞眼儿里，把水堵住了。

长发妹在悬崖上呆呆地望着，不知道这是怎么回事。忽然，一阵大风刮来，长发妹被刮到一个山洞里。

山洞里的石墩上坐着一个满身黄毛的人，他恶声恶气地说：“我这个山泉的秘密被你发现了，你不能告诉别人。假如你告诉别人，别人也来这里取水，我就杀死你。我是山神，你记着！”

又一阵大风刮来，把长发妹刮到山脚。

长发妹忐忑不安地走回家。她不敢把泉水的事告诉

读书笔记

读书笔记

妈妈，更不敢告诉村里的人。

她看见田地里的土块干巴巴的，村里的男女老少每天挑着笨重的水桶到七里外的小河里去挑水，累得汗流满面，气喘吁吁。她真想告诉村里的人："陡高山上有泉水，只要拔掉萝卜，砍碎它，凿大洞眼儿，泉水就哗哗地流下山来。"可一想到凶恶的黄毛人，她害怕了，话就咽进肚子里了。

长发妹痛苦极了！她吃不下饭，睡不着觉。[1]她的眼睛不再是水汪汪的，而是灰扑扑的了；她的脸蛋儿不再是红彤彤的，而是蜡黄蜡黄的了；她的长头发不再是黑油油的，而是枯焦焦的了。

❶叙述
此处采用排比的修辞手法，生动地展现了长发妹因内心痛苦而变得没精打采的样子。

妈妈看在眼里，急在心上。她抓住长发妹瘦瘦的手说："孩子，你病了吗？"长发妹咬住嘴唇，不说话。

一天一天过去了，一月一月过去了。长发妹的头发由黑色变成了灰白色，她连梳理头发的精神也没有了。

"啊，好奇怪呀！年纪轻轻的姑娘，满头灰白的头发！"人们都在偷偷地谈论着。

长发妹呆呆地靠在大门口，望着来来往往忙着挑水的人们。[2]她喃喃地说："陡高山上有……"可是刚说到这里，她就用牙齿紧咬住嘴唇，咬出一个个的血印子。

❷细节描写
这两句话表明长发妹很想告诉大家陡高山上有泉水，但又怕山神惩罚。

有一天，长发妹靠在门口，看见一个白胡子老人挑着一担水，颤巍巍地在路上走，一不留心，碰到一块石头，跌倒在地上。水洒光了，水桶摔坏了，老人的腿也受伤了，鲜血一直淌着。

长发妹跑过去扶起老人，从身上撕下一块布，替老人扎住伤口。老人哎哟哎哟地哼着，闭着眼睛，脸上的皱纹直抽搐。

① 长发妹不禁自言自语地说："长发妹，你真怕死呀！因为你怕死，田地里的泥块才干巴巴的！因为你怕死，全村的人才汗流满面、气喘吁吁！因为你怕死，老爹爹才跌伤了腿！你，你，你……"

❶语言描写……

长发妹的话体现出她内心的自责和愧疚，她把所有的错都揽到自己身上。这也体现了她的善良。

她再也忍不住了，于是大声地对老人说："老爹爹，陡高山上有泉水啊！只要拔掉萝卜，砍碎它，凿大石洞眼儿，泉水就哗哗地流下山来了。真的，真的！我亲眼见过！"

她不待老人回答，就站了起来，披着长长的白头发，在村里来回跑着，疯了一样大声呼喊："陡高山有泉水啊！大家快去吧！"接着，她又说出了发现泉水的经过，只是没有把山神的话说出来。

村里的人知道长发妹是好心肠的孩子，大家都相信她的话。于是，有的拿菜刀，有的拿钢凿，跟着长发妹爬上陡高山，爬过大悬崖。② 长发妹双手拔下石壁上的萝卜，丢在地上，说："大家砍碎这萝卜。快！砍碎它！"

❷语言、动作描写

此处的描写充分展现了长发妹内心的坚定。

人们几刀下去把红萝卜砍成了碎渣渣。石洞眼儿里的泉水哗哗地流出来了。可是，石洞眼儿只有茶杯大，泉水流得不多。

长发妹又说："大家用钢凿用力凿哇！把石洞眼凿得大大的。快凿啊！快凿啊！"

几把凿子一齐凿啊凿。不一会儿，石洞眼就有碗口那么大了！再一会儿，石洞眼就有水桶那么大了！再一会儿，石洞眼就有大水缸那么大了！

①泉水哗啦啦地向山下奔流而去。看着哗哗流淌的泉水，村里的人高兴得手舞足蹈。

①叙述……………陡高山上有了泉水，以后村民们不必再到远处挑水了，人们都为此兴奋不已。

这时，一阵大风刮来，长发妹不见了。

大家望着泉水笑，谁也没有发觉长发妹不在了。

后来，有人问："长发妹呢？"有人回答："大概她先回家向她妈妈报告好消息了！"

于是，大家欢欢喜喜地爬过悬崖，走下山去了。

可长发妹并没有回家，而是被山神抓去了。山神大声叱责她："叫你不要告诉别人，你却带了大批人来砍碎红萝卜，凿大石洞眼儿。现在我要杀死你！"

长发妹冷冷地说："为了大家，我不后悔，愿意死！"

山神磨着牙齿恶狠狠地说："我不会让你死得这么容易！我要教你躺在悬崖上，让泉水从高处冲在你身上，教你长期受苦！"

②长发妹冷冷地说："为了大家，我愿意被水冲。可是，我求你让我回家一趟，托人照顾我生病的妈妈和几只猪崽。"

②语言描写……长发妹不再害怕山神，表现出她的勇敢和孝顺。

山神想了想，说："让你回去一趟不是不可以！但你若不回来，我就封住洞口，还要杀死全村的人！你来时，自己躺在悬崖上被水冲吧，不要再来烦我了！"

长发妹点点头，于是又一阵大风把她从洞里刮至山脚。

长发妹看着山上的泉水哗啦啦地流下山来，田地里水汪汪的，庄稼绿油油的，她哈哈大笑。

①她回到家里，不能把实话对妈妈讲，只说："妈妈，陡高山上有水流下来了，我们村里不愁水了。"

她又说："妈妈，邻村的小姐妹邀我去玩几天，我请隔壁婶婶来照顾你和小猪。"

妈妈笑着答应："好的！"

长发妹到隔壁向婶婶交代了一番，回到家来对妈妈说："妈妈，我说不定要在邻村玩上十几天哪！一时不回来，你别担心……"

妈妈说："你高高兴兴地去玩吧！隔壁婶婶是个好人，会照顾我的。"

长发妹摸摸妈妈的脸，摸摸妈妈的手，眼泪滴了下来。

她来到猪栏边，摸摸小猪的头，摸摸小猪的尾巴，她的眼泪又滴下来了。

她在房门口说了一句："妈妈，我走了！"不等妈妈回话，她就义无反顾地朝陡高山走去。

❶语言描写……长发妹为了大家牺牲自己，却不敢告诉妈妈，只能一人承受痛苦。这充分体现了她无私奉献的精神。

读书笔记

半路上有一棵枝繁叶茂的大榕树。长发妹走到树下，摸着树干，说："大榕树啊，以后我不能再到你下面乘凉了！"

忽然，大榕树后走出一位高大的老人，老人长着绿色的头发、绿色的胡子，穿着一身绿色的衣服。他说："长发妹，你要去哪里呢？"

读书笔记

长发妹叹了一口气，低着头不出声。

老人说："你的事情我已知道了。你是个好孩子，我要救你。我凿了一个石头人，和你一模一样，你来大树后面看看吧！"

长发妹转到大树后，看见一个用大石头凿成的石姑娘，很像自己，只是没有长发。长发妹呆住了。

老人说："山神要你躺在悬崖上被水冲，这可不行！我把这石头人扛到悬崖上，让它替你受罚。可是缺少长长的白头发。姑娘，你忍忍痛吧！我把你的白头发剪下来，安在石头人的头上。这样，山神才不会怀疑。"

读书笔记

长发妹的头发没了，石头人的头上却长满了灰白的长头发。

老人笑笑说："姑娘，你回家吧。田地里有水了，你和村里的人使劲儿耕种吧！以后生活会慢慢好起来的！"说完，他扛起石头人，飞快地朝陡高山跑去。他把石头人放在悬崖上，让湍急的泉水冲着石头人。泉水冲在石头人身上，顺着头发流下山来，长长的，白白的。

长发妹靠在树上看呆了。她觉得自己头上痒痒的，伸手一摸，啊，头发又长出来啦！啊，头发又长长地垂下来啦！她用手拉到前面一看，新长的头发像以前一样，黑油油的。她高兴得跳起来啦！

她在大榕树下等了许久，不见绿衣老人回来。忽然，微风吹来，大榕树的枝叶摇动起来，发出了声音：“长发妹，可恶的山神被瞒住了。你好好回家吧！”原来那老人是大榕树变的呀！

读书笔记

长发妹望望陡高山上长长的白发水，望望山脚下绿油油的庄稼，望望田里欢快的人群，望望绿油油的大榕树，高兴地甩着黑油油的长头发，一蹦一跳地回家了。

精华赏析

本文讲述了长发妹意外发现陡高山上泉水的秘密后，违抗山神的命令，带领村民开凿泉水的故事。文中最精彩的地方在于长发妹的心理变化历程：从刚发现泉水时的惊喜，到被山神威胁时的惊恐，到她内心的挣扎，再到最后视死如归的勇敢。心理变化一波三折，真实感人。

延伸思考

1. 长发妹发现了什么秘密？

2. 大榕树想出了什么办法帮助长发妹？

田螺姑娘

名师导读

田螺姑娘的故事在民间广为流传。故事中谢端因为勤劳善良而遇到了田螺姑娘，他们之间会发生什么事情呢？让我们一起来读读故事吧！

读书笔记

晋安帝的时候，侯官这个地方有一个叫谢端的人，他小时候父母就死了，又没有亲戚，由邻居收养。转眼间，谢端长到十七八岁了，他为人老实，守规矩，从不做坏事。

当谢端开始独立生活的时候，他还没有成家。邻居们都很同情他，打算帮他娶个媳妇，但是一直没有找到合适的。

❶叙述：这句话表明谢端非常勤劳。

[1] 谢端晚睡早起，不分白天黑夜地努力耕作。有一天，谢端在城墙下拾得一个像能盛三升酒的壶那么大的田螺。他觉得这东西不平常，就拿回家，放在瓮里养了起来。

第二天早晨，谢端依旧到田里耕作。回来时，他看见桌上已经摆好了饭菜，像是有人刚刚做好的样子，他以为这是邻居的关心。可一连几天都是这样，他就去向邻居道谢。邻居说："我并没有替你做什么，为什么来道谢呢？"谢端以为邻居为了照顾他故意不承认，于是再三致谢后离开了。

读书笔记

但是很长时间总是这样，他又诚心实意地去问，邻居笑着说："你自己悄悄娶的媳妇留在家里做饭，怎么还说是我替你做的？"谢端默不作声，心里很疑惑。

后来，谢端故意在鸡叫时就出去，天一亮又悄悄回来。他从墙外偷偷往家里看，见一位美丽的姑娘从瓮里出来，到灶边去烧火。谢端推开门，直奔瓮而去，却不见了田螺。他走到灶边，问姑娘："请问你从哪里来？为什么替我做饭？"

姑娘很不安，想回瓮里，但已不可能了，只好回答："我是天河里的白衣素女。天帝同情你年少孤苦，见你勤劳善良，所以派我暂时替你看家做饭。十年之内，让你生活富裕，娶上媳妇，我自然就可以回去了。可是，现在我的身份已经暴露，我不能再留在人间了。我走以后，你的处境可能会艰苦一些，但你只要辛勤劳作，日子就会一天天好起来。我留下这个螺壳，你用它储存粮食，可以不缺吃的。"

读书笔记

谢端为自己的鲁莽感到后悔，恳请田螺姑娘留下，可她始终不肯。这时，外面忽然风雨交加，田螺姑娘像

读书笔记

云似的飘走了。

谢端给她立了神位，按时节祭祀。此后，他的生活虽不富裕，但十分安定，吃穿不愁。不久，一个同乡人把女儿嫁给了他。

后来，谢端做了地方官，很有政绩。

精华赏析

本文讲述了田螺姑娘遵从天帝的旨意，照顾孤苦无依、勤劳善良的小伙子谢端的故事。这个故事激励人们通过勤劳创造美好生活。

延伸思考

1. 谢端在城墙边发现了什么？

2. 是谁每日给谢端做饭？

3. 田螺姑娘为什么飞走了？

相关链接

田螺，腹足纲，田螺科。壳大，个体较小的种类壳高也可达3厘米。壳成圆锥形，壳面光滑或具螺棱。栖息于淡水中，如湖泊、池塘、水田和缓流的小溪。

八仙过海

名师导读

大家听说过“八仙过海，各显神通”这句话吧，那么它是因何而来的呢？下面这个故事可以告诉我们这句话的来历，让我们一起来读一读吧。

很久以前，有八位修炼得道的仙人，他们是铁拐李、汉钟离、吕洞宾、韩湘子、曹国舅、张果老、蓝采和及何仙姑。

读书笔记

一天，八仙相约一起赴灯会。他们到了海边，要过东海，才能到蓬莱仙岛。这时，吕洞宾主张大家显显自己的本领。其余七位仙家依了吕洞宾的话，都拿出各自的宝物，准备过海。

曹国舅拿出他的笏板，往上一踏，霎时微风拂面，笏板漂在海水之上，好似轻舟。谁知曹国舅刚一踏上笏板就被东海龙宫三太子看见了。三太子见曹国舅的笏板白净无瑕，能载人过海，知道这是一件宝物，于是冲出海面，挥着大刀来抢。曹国舅急忙转身上岸，收起笏板。

三太子来抢宝物，这可惹怒了八仙。铁拐李把拐杖往东海中一点，韩湘子用洞箫一吹，海面顿时大火熊熊，海水都快要沸腾了。三太子见势不妙，忙回龙宫见他的父亲东海龙王。东海龙王正热得吐着舌头喘气，他不知道为什么海水陡然滚烫了起来。三太子奏明了八仙用法术火烧东海的事，东海龙王也顾不得责怪三太子，忙拉他出了龙宫，到天宫搬救兵去了。

东海龙王和三太子来到凌霄宝殿，见了玉皇大帝，请玉帝发兵援助。玉帝立即命托塔李天王率天兵天将，直朝东海而来。

谁知走到半路，观世音菩萨拦住了托塔李天王，叫他们不要与八仙交战，她已劝阻了八仙，东海的火已经熄灭了。托塔李天王谢过观世音菩萨，领兵回天庭去了。龙王和三太子也回了龙宫。

读书笔记

①细节描写……

这段话详细地交代了八位神仙各自过海的方式，展现出他们本领的高强。

①八仙拜谢观世音菩萨后，各自拿出宝物过海。铁拐李将装酒的葫芦往海中一抛，他盘坐其上，一阵轻风送他破浪而去；蓝采和双手捧着花篮放到海水中，一道霞光闪过，花篮托着蓝采和向东漂去；韩湘子用洞箫吹起仙乐，霎时紫气升腾，他劈水远去；曹国舅将笏板一拍，跃上浪尖；张果老骑了银驴跳上海面；吕洞宾驾起宝剑，踏浪而行；汉钟离将手中芭蕉扇扔到海里，那扇子顿时大如蒲席，载着他优哉游哉

地向大海深处漂去；何仙姑坐上荷花，霞光四射，风姿绰约。这正是，八仙过海，各显神通。

精华赏析

本文讲述了八位仙人欲渡海赴灯会，不料东海龙宫三太子见财起意，想抢宝物，于是双方发生争斗的故事。“八仙过海，各显神通”，常用于表达做事各有各的办法，各有各的本领。

延伸思考

1. 八仙为什么要过海？

2. 东海龙宫三太子想强抢什么？

3. 八仙分别采用什么方法过海？

西门豹赠驴

名师导读

一对磨豆腐的老夫妇在家闲聊时谈及西门豹，老头儿说西门豹的坏话，正好被西门豹听到了。他会惩罚这对老夫妇吗？让我们一起来读读故事吧！

从前有一对老夫妇，住在漳河南岸的一个小村子里，他们家没有田地，靠卖豆腐过日子。

老夫妇年过半百，膝下无子无女，很少活动，平时就一边磨着豆腐，一边说着闲话，也不觉得寂寞。

一天，夫妇二人推磨磨豆腐，又是手忙嘴不闲，唠叨起西门豹来。

❶语言描写…… 从老太婆的话中可以看出西门豹是一个心系百姓、深受爱戴的好官。

①老太婆说："西门大人可真好，揭开了河神娶妻的骗局，没收了那些人骗的钱财，用到修渠上，引水浇地，真是个清官哪！"

老头儿一听，随口说道："咳！咱没儿没女，也没田地。他破除迷信也好，引水浇地也好，与咱有啥相干？与咱相干的事，在他眼皮底下却不管！"

老太婆问：“啥事？”

老头儿气呼呼地说：“城里那个老盐店缺斤少两，坑了多少百姓！今儿称他两斤盐，已是少二两！西门豹也不推磨卖豆腐，他知道咱这血汗钱是咋挣来的？百姓谁家不吃盐，老盐店干这号缺德事，他咋不管管？”

读书笔记

老太婆听他粗声粗气地把这些话往外倒，忙说：“哎，你可小声点儿！这话传到西门大人那里，可不是闹着玩儿的！”

老头儿满不在乎地说：“怕啥？他名字怪厉害，吃不了人！”

碰巧的是，西门豹来村里私察暗访，恰好路过这里，就在老夫妇家的窗外把他俩的话听得一清二楚。

第二天，西门豹把卖豆腐的老头儿传到大堂，问道：“卖豆腐的，昨天你们夫妻二人一边推磨，一边对本官说长道短，可有此事？”

读书笔记

啊！老头儿心里大吃一惊：这西门豹可真神！昨天我在屋里说话，又没有别人，他咋会知道呢？又一想：说了就是说了，反正说的是实话，看你能把我怎样。你西门豹是不是清官，今天我倒要看个明白。

于是，老头儿答道：“有！”

西门豹又问：“你是认打，还是认罚？”

老头儿说：“随你的便！”

西门豹说：“好！给你一斤盐钱，罚你替我到老盐店里称一斤盐来！”

老头儿一听，松了口气，心想：这有何难？我就替你去称上一斤盐，看你还怎么着。

① 老头儿把盐称了回来，西门豹让人用秤一称，只有十五两（过去的秤一斤是十六两），便问道：“卖豆腐的，半路上你私藏了吧？咋只有十五两呢？”

❶语言描写……西门豹已经听说了老盐店卖盐缺斤少两的事，他这是故意刺激老头儿说出实情。

老头儿听到这话，头上火星直冒，说：“西门大人！老盐店卖盐从来不给够秤，坑害百姓！在你眼皮底下，你不去管，反说我藏了你的盐。你你你……你罚我称盐，原来是成心赖我呀！”

西门豹笑了，说：“老人家，请不要生气！我刚才激你说出实话是为一方百姓着想啊，一会儿你就明白啦。”说罢，立即命人传老盐店掌柜上堂。

读书笔记

老盐店掌柜一到，西门豹拿起那包盐，问道：“掌柜的，这盐是我打发卖豆腐的老头儿刚才从你店里称来的，还记得吗？”

老盐店掌柜笑着连连点头道：“记得！记得！”

“给钱了吧？”

“一个子儿不少。”

“多少盐哪？”

“一斤。”

“拿去称称！”

老盐店掌柜心里明白，赶紧说：“称啥呢，老爷要多少，让伙计们送来就是了。”

西门豹说：“那不行，今天当着买盐的人和差吏们的面，你亲自称一称这包盐。”

老盐店掌柜只好把盐一称，少了一两。他眨了眨眼，说：“老爷！伙计一时看错了秤，没有给够。我给添上！”

①西门豹把惊堂木一拍，喝道：“胡说！百姓骂你自开店以来，从没看对过秤，每斤总少一两。你卖了多少年盐？多赚了多少银两？你可知罪？”

老盐店掌柜知道抵赖不过，连连叩头认罪。

西门豹大声问道：“你是认打，还是认罚？”

老盐店掌柜说：“认打打几板？认罚罚多少钱哪？”

西门豹说：“认打，重打一百大板！认罚，罚你买一头毛驴送来！”

老盐店掌柜怕一百大板要了他的命，磕着头说：“小人认罚！小人认罚！”于是，他只好买了驴，送到堂下。

西门豹拉着卖豆腐的老头儿的手说：“老人家，念你夫妻二人上了年纪，推磨劳累，这头毛驴就送给你们啦！”

卖豆腐的老头儿这时又喜又愧，眼里噙泪望着西门豹，不知说啥才好。西门豹赠驴的故事一时传开了，百姓纷纷称颂他爱民的功德。

①动作、语言描写 西门豹直接挑明了老盐店掌柜的罪行，连续三个问句，表现出他内心的愤怒。

读书笔记

精华赏析

本文讲述了西门豹听说老盐店卖盐缺斤少两之事后，不仅不责怪在背后说自己坏话的老头儿，反而还罚老盐店掌柜买一头驴并送给老头儿的故事，体现了西门豹的廉洁公正、爱民如子、疾恶如仇。

延伸思考

1. 卖豆腐的老头儿为什么说西门豹不好？

2. 西门豹为什么要让卖豆腐的老头儿去买盐？

相关链接

西门豹，西门氏，名豹，战国时魏国人。魏文侯时，任邺（今河北临漳西南）令。破除当地“河伯娶妇”的陋习，并开凿水渠十二条，引漳水灌溉，改良土壤，发展农业生产。

猎人海力布

名师导读

一个名叫海力布的猎人通过飞鸟的话得知了即将到来的一场灾难。如果他不将事实讲出来，大家都会死在这场灾难中；可一旦他说出口，自己便会变成石头。海力布会如何抉择呢？让我们一起来读读故事吧！

---

①从前，有一个人名叫海力布，因为他靠打猎过活，所以大家都叫他“安格沁海力布”。他很愿意帮助别人，打来猎物从不独自享用，总是分给大家，因此，海力布很受大家尊敬。

❶叙述

这段话说明海力布是一个无私的、乐于助人的人。

一天，海力布到深山去打猎，在密林里看见一条小白蛇盘睡在山荆子树下。他放轻脚步绕过去，不去惊动它。正在这时，忽地从头上飞过来一只灰鹤，嗖的一声俯冲下来，用爪子抓住了盘睡的小白蛇，又腾空飞去。小白蛇惊醒后，尖叫道：“救命！救命！”海力布急忙

注释

安格沁：蒙古语，猎人的意思。

拉弓搭箭，对准顺着山峰飞升的灰鹤射去。灰鹤一闪，丢下小白蛇就逃跑了。海力布对小白蛇说：[1]“可怜的小东西，快回去找你的父母吧！”小白蛇向海力布点了点头，表示感谢，然后蹿到草丛里去了。海力布也收拾好弓箭回家了。

❶语言描写……这句话体现了海力布的善良。

第二天，海力布路过昨天走过的地方，看见一群蛇拥着一条小白蛇迎了过来。海力布觉得奇怪，想绕道过去，那条小白蛇却向他说道：“救命恩人，您好吗？您可能不认得我，我是龙王的女儿。昨天您救了我的性命，父亲和母亲今天特地叫我来接您，请您到我们家去一趟，父亲和母亲好当面谢您。”

读书笔记

小白蛇又继续说：“您到我的家里以后，我父母给您什么您都别要，只要我父亲嘴里含着的宝石。您得到那块宝石，把它含在嘴里，就能听懂世上各种动物说的话。但是，您所听到的话，只能自己知道，千万不要向别人说。如果向别人说了，那么您就会从头到脚变成坚硬的石头而死去。”

海力布听了，一面点头，一面跟着小白蛇往深谷里去，越走越冷。走到一个宝库门前，小白蛇说：“我的父亲和母亲刚才传消息来，说现在不便请您到家里去坐，就在宝库门前等您——他们已经到了。”正当小白蛇说话的时候，老龙王迎上前来，他恭敬地说：“您救了我的爱女，我非常感谢您！这是我收藏珍宝的宝库，我带您进去看看，您想要什么，就拿什么，请不要客气！”说着，他把宝库门打开，引海力布进去。只见宝库里全是珍珠宝石，琳琅满目。老龙王引着海力布看完这个宝库，又走到另一个宝库，就这样一连走了一百零八个宝库，但是海力布却一个宝贝都没有看中。老龙王很难为情地问海力布：“我的恩人！我宝库里的这些宝物，您一个也不稀罕吗？”

读书笔记

海力布说：“这些宝物虽然很好，但只是美丽的装饰品，对我们打猎的人来说，没有什么用处。如果龙王您真想给一点儿东西作纪念，就请您把嘴里含着的那块宝石送给我吧！”老龙王听了这话，低头沉思一会儿，最终忍痛把嘴里含着的那块宝石吐了出来，递给海力布。

海力布临走时，小白蛇又跟着出来，再三叮嘱他：“无论动物说了什么话都不要向别人说。如果说了，您马上就会变成石头，永远不能复活。您可千万要记住！”

读书笔记

从此，海力布在山中打猎更方便了。他能听懂飞禽和走兽的语言，隔着大山有什么动物他都能知道。这样过了几年。有一天，他到山里打猎，忽然听见一群飞鸟在议论：“我们快到别处去吧！明天这里的大山都要崩裂，涌出的洪水不知要淹死多少生灵哩！”

海力布听见了这个消息，心里很着急，再也没有心思打猎了。他赶紧回家，向大家说：“我们赶快迁移到别处去吧，这个地方住不得了！谁要不相信，将来后悔就来不及了！”

大家听了海力布的话都感到很奇怪，有的根本不理会他，有的认为他可能发疯了。大家都不相信，急得海力布掉下眼泪，说：“大家难道非要等我死了，才相信我的话吗？”

几个年老的人向海力布说：“你从来不说谎话，这是我们大家都知道的。可是你现在说这个地方住不得，这是为什么呢？”海力布想：①灾难就要来了。如果我只顾自己避难，让大家受灾，这怎么能行？我宁肯牺牲自己，也要拯救大家。于是，他把如何得到宝石，如何利用它打猎，今天又如何听见一群飞鸟的议论，以及不能把听来的事情告诉别人，如果说了立刻就会变成石头而死等，说了出来。海力布边说边石化，等话说完他已变成了一块坚硬的石头。大家看见海力布变成了石头，十分后悔，悲痛地赶着牛羊马群，把家迁走。不久，阴云密布，大雨下起来了。到第二天早晨，在轰隆隆的雷声中，人们忽然听见一阵震天动地的响声，霎时山崩水涌，洪水滔滔。大家都感伤地说：“要不是海力布为了大家而牺牲，我们都要被洪水淹死！”

②后来，人们找到了海力布变的那块石头，把它搬到一个山顶上，好让子子孙孙都纪念这位牺牲自己保全大家的英雄。

①心理描写……

海力布的心理活动体现了他的善良、无私。

②叙述……

让子子孙孙都纪念海力布，既体现了大家内心的悔意，也展现了人们的淳朴，他们深深地感谢海力布。

精华赏析

本文讲述了善良勇敢的猎人海力布因救龙女而获得了一块能帮人听懂各种动物言语的宝石，他利用这块宝石从飞鸟那里知道到了山洪即将爆发，于是他不顾自己的生死向乡亲们说明实情，拯救了大家，而自己最终变成坚硬的石头的故事。整个故事赞扬了海力布无私奉献、舍己为人的高贵品质。

延伸思考

1. 海力布在密林里救了谁？

2. 海力布为什么要老龙王嘴里的宝石？

3. 海力布明知说出原因后自己会变成石头，为什么还要这样做？

苏东坡画扇

名师导读

苏东坡到杭州担任通判，还没上任就有人到衙门打官司。这是桩什么案件？苏东坡又是如何断案的呢？让我们一起来读读故事吧！

读书笔记

苏东坡要到杭州来做通判的消息很快传遍了杭州城。衙门前面每天挤满了人。老百姓都想看看苏东坡上任的红纸告示，听听苏东坡升堂的三通鼓……可是，大家伸着脖子盼了好多天，还是没盼到。

这一天，有两个人吵吵嚷嚷地扭着来到衙门前，把那堂鼓擂得震天响，喊着要告状。衙役出来吆喝道："新老爷还没上任哩，要打官司过两天再来吧！"

那两个人正在火头上，也不管衙役的拦阻，硬要闯进衙门去。

这时候，从衙门照壁那边转出一头小毛驴来。

毛驴上驮着一个大汉，头戴方巾，身穿青袍，紫铜色的面孔上长着络腮胡子。他嘴里喊道："让条路，让条路！我来迟啦，我来迟啦！"

小毛驴穿过人群，一直往衙门里走。衙役赶上去，想揪住毛驴尾巴，却见那人已经闯进去了。

大汉把毛驴拴在廊柱上，几步就跨进大堂，在正中的座位上坐了下来。管衙门的二爷见他这副模样，也不认识，就喊道："喂！这是老爷坐的地方呀，随便坐上去，是要杀头的哩！"

那大汉听了，哈哈大笑道："哦，这样厉害呀！"

管衙门的二爷说："当然厉害！这座位要带金印的人才能坐哩！"

"金印呀，我也有一颗。"说着，那大汉就从衣袋里摸出一颗亮闪闪的金印，往案桌上一搁。① 管衙门的二爷见了，吓得舌头吐出三寸长，半天缩不回去。原来，他就是新上任的通判苏东坡呀！

苏东坡没来得及贴告示，一进衙门便坐堂，叫衙役放那两个告状的人进来。他一拍惊堂木，问道："你们两个叫什么名字？谁是原告？"

两个人都跪在堂下直磕头。

一个说："我是原告，叫李小乙。"

另一个说："我叫洪阿毛。"

苏东坡问："李小乙，你要告洪阿毛什么状？"

李小乙回答："我帮工打杂积攒下十两银子，两个

读书笔记

❶夸张

此处运用夸张的修辞手法，体现了管衙门的二爷的惊讶。

月前借给洪阿毛做本钱。我和他原是要好的邻居，讲明不收利息，但我什么时候要用，他就什么时候还给我。如今，我相中了一个媳妇，急需要银子娶亲，他非但不还我银子，还打我哩！”

读书笔记

苏东坡又问洪阿毛：“你为何欠债不还，还要打人？”

洪阿毛急忙磕头分辩道：“大老爷呀，我是赶时令做小本生意的，借他那十两银子早在立夏以前就买了一批扇子，想不到今年过了端午节天气还很凉，大家身上都穿夹袍，谁还来买我的扇子呀？这几天又接连阴雨，扇子放在箱子里都发霉啦。我实在没有银子还债呀！他就骂我，揪我。我一时在火头上就打了他一拳，我可不是存心打他的呀！”

读书笔记

苏东坡在堂上捋捋胡须，说道：“洪阿毛做生意蚀了本，也实在很为难。李小乙娶亲的银子还得另想办法呀。”

李小乙一听，在堂下叫起屈来，说道：“大老爷呀，我辛辛苦苦积攒下这十两银子，可不容易呀！”

苏东坡笑了笑，说道：“你们不用着急。现在，洪阿毛马上回家去拿二十把发霉的折扇给我，这场官司就算两清了。”

洪阿毛高兴极啦！他急忙磕个头，爬起身来，一溜烟儿地奔回家去，赶忙抱来二十把白折扇交给了苏东坡。

[1] 苏东坡将这些折扇一把一把地打开，摊在案桌上：磨浓墨，蘸饱笔，挑那霉印子大块儿的，画成假山盆景；拣那霉印子小点儿的，画成松、竹、梅；斑斑点点实在多的，就题上诗词。不一会儿，二十把折扇全都写好画好了。

苏东坡拿了十把画好的折扇交给李小乙，对他说："你娶亲的十两银子，就在这十把折扇上了。你把它们拿到衙门外去，喊'这是苏东坡画的，一两银子一把'，马上就能全卖掉。"

苏东坡又拿十把折扇还给洪阿毛，对他说："你拿这十把折扇到衙门外去卖，卖得十两银子当本钱，去另做生意。"

两个人磕了头，道了谢，接过扇子，心里似信非信。谁知刚刚跑到衙门外，只喊了两声，二十把折扇就被一抢而空了。李小乙和洪阿毛各自捧着白花花的十两银子，欢天喜地地回家去了。

苏东坡画扇判案的事，就这样在民间传开了。原先，杭州的纸扇只有黑纸扇和白纸扇两种，自从苏东坡画扇之后，人们也学着做：有的描花鸟，有的画人物，有的绘山水，有的写诗题词……把扇面装点得很好看。这种有画有字的"杭扇"因为既可以扇风纳凉，又可以观赏，很受顾客欢迎，所以从北宋一直流传到了现在。

❶叙述

苏东坡用不同的方法对发霉的折扇进行补救，表现出他的机智。

读书笔记

精华赏析

本文讲述了苏东坡刚上任杭州通判就接到一桩官司，他亲自为打官司的两人画纸扇赚钱，使案子顺利解决的故事。整个故事体现了苏东坡的平易近人、公正无私、机智过人。

延伸思考

1. 为什么衙役想阻止苏东坡进大堂？

2. 来打官司的两人为了什么争执不下？

3. 苏东坡是如何处理发霉的折扇的？

相关链接

苏轼，字子瞻，号东坡居士，眉州眉山（今属四川）人，北宋文学家、书画家。与父亲苏洵和弟弟苏辙合称“三苏”，俱被列入“唐宋八大家”。其文章汪洋恣肆，明白畅达。其诗清新豪健，善用夸张、比喻，在艺术表现方面独具风格。其词开豪放一派，对后世很有影响。《念奴娇·赤壁怀古》《水调歌头·丙辰中秋》传诵甚广。擅长行书、楷书，取法徐浩、颜真卿等人，而能自创新意。诗文有《东坡七集》等，词集有《东坡乐府》。

爱吹牛的人

名师导读

有一个爱吹牛的人，总以为自己聪明绝顶，却常被人戏弄。他重复花钱买同一头牛，闹出一场笑话。让我们一起去看看吧！

在一个村子里，有个叫坎吉的人，因为他好吹牛，邻居们谁也不相信他。要是有什么人发生了不愉快的事，坎吉就嘲笑说："我就永远不会有这种事！骗我可没那么容易！"

读书笔记

有一天，坎吉要进城去，他打算在市场上买头牛犊。他的妻子给他准备了一根十分结实的绳子，说："用绳子把牛犊牵回来，路上当心，不要被人家偷去了。"

①"你说什么蠢话！"坎吉很生气，"我的牛犊会被偷走？简直说胡话！"

坎吉进了城。他在市场上走来走去，转了好长时间，终于看到了一头白毛牛犊。那牛犊身躯高大，被喂

❶神态、语言描写　坎吉非常自大，认为自己绝对不会上当丢东西，为后文埋下伏笔。

养得很好。

读书笔记

“这正是我所要找的！”坎吉高兴地说，“我们村里还没有哪家有这么好的牛犊！”他满意得啧啧称赞。

他同卖主讲好了价钱，做了交易，就赶着牛犊往回走。走到城门时，他忽然想起附近有一个老相识——鞋匠。于是，他决定去拜访一下。

他到了朋友家，又开始吹牛了：“你看，我买了一头多好的牛犊！”坎吉得意得舌头啧啧发响。

鞋匠有个徒弟，名叫依季洛。他看了看牛犊，也是啧啧称赞，说：“你说得对，牛犊确实不错。你可得当心，路上不要被人家偷去了。”

①坎吉笑着说：“如果是你，这牛犊当然会被人家偷走；可是谁也骗不了我，谁也偷不了我的东西！我不是这号人！”

①语言描写……坎吉打压别人，抬高自己。他自视甚高，惹人讨厌。

他说完，告别了鞋匠，就回家去了。

等坎吉离开好一会儿，依季洛说：“师父，请让我去教训一下这个好说大话的人。”

“没有人能治好他的这种病。”鞋匠回答。

“不过，我还是请您允许我去试试看。”

“你想怎么办？”

“我偷走他的牛犊。”

“你愿意，就试试看。不过，这很难成功，因为他用绳子牵着牛犊。”

“等着瞧吧！”依季洛大声说，接着就从墙上取下一双新鞋子，跑到街上去了。

①依季洛知道坎吉所走的路，就抄小路走到他的前面，把一只鞋扔在路上，自己则藏在路边。

①动作描写……依季洛扔出一只鞋子，这是要干什么呢？此处设置悬念，吸引读者的阅读兴趣。

坎吉牵着牛犊，得意扬扬地走着，嘴里不知哼着什么歌。突然，他看见路上有一只新鞋。

坎吉望了望四周，心里不高兴了，他自言自语道：“唉！真可惜，没有第二只！我可不想为了一只鞋弯一下腰……”

于是，他拉着牛犊继续往前走。走了二三百步，当走进一片树林时，他又看见了一只新鞋。

“真可惜，刚才我没有拾起那一只新鞋！”他懊悔了，“不过，那只鞋大概还在原来的地方吧！”

坎吉忙把牛犊拴在树上，拼命地跑到大路上，去拾第一只鞋。鞋果然还在，他捡起鞋，又赶回树林。当回到林子里时，他才发现牛犊不见了。他找啊找啊，找遍了整个树林也不见牛犊的影子。

读书笔记

“它怎么能自己解开绳子呢？”坎吉伤心地自言自语道。他没找到牛，心里想：我不能空着手回去见妻子，要不然，就得告诉她牛犊丢了的事，那多丢人。于是他决定去城里重新买一头牛。

这时，依季洛已将偷得的牛犊赶回了师父家，藏在了院子里。他向师父讲了捉弄坎吉的经过，两个人笑了好一阵。

“现在，我们怎么处置这头牛犊呢？”依季洛问。

鞋匠想了想，还没来得及回答，门已开了，坎吉走了进来。

“坎吉，没见你牵牛，你的牛犊到哪里去了？”鞋匠装作什么也不知道。

①“牛犊吗？对了！我不喜欢它了，在路上卖给了一个过路人。现在我想再买一头，所以回来了。”

❶语言描写 ……
坎吉不好意思让别人知道他的蠢事，就撒谎掩饰，体现了他的虚荣。

鞋匠一边让他喝水，一边说：“你很走运，我早就准备卖一头牛犊，如果你不嫌弃的话，我可以让给你。”

他吩咐依季洛把牛犊牵来。

“你要多少钱？”当依季洛把牛犊牵来后，坎吉问。

“你那一头买成多少钱，我这一头就卖多少钱。”

“这不行！”坎吉挥了挥手，“你的牛犊难道比得上我的那头？我那头又肥又壮，而你这头没那么壮，连毛也短得多！”

“告诉你，再便宜，我是不卖的。”

坎吉只得掏出钱，买下了自己原来的那头牛犊。

当他把牛犊牵出院子时，鞋匠说：“坎吉，我希望你的牛在路上不要被人家偷了！”

②坎吉又吹牛了：“不会的，没有人能偷走我的东西！我不是这号人！”

❷语言描写 ……
坎吉并没有吸取教训，还是那么狂妄自大。

坎吉一走，依季洛又说：“师父，让我再去把这头牛偷来！”

“好了，这回他肯定看得紧，你第二次就偷不到了！这次你骗不了他！”

“不过，您还是让我试试看，我很想治好他那吹牛的毛病。”

读书笔记

“那么，你去试试吧……”

依季洛穿过丛林，走到坎吉的前面，藏在路边的灌木丛里等着。

坎吉一来，依季洛就装牛叫：“哞——哞——”

“这一定是我那头走失的牛犊在叫。”坎吉高兴起来了，“我得马上去捉住它，这样我就有两头牛犊了。”坎吉把牛犊拴在一棵大树上，跑向灌木丛，牛叫声就是从那里传出来的。

①这时候，依季洛继续装牛叫，从一个地方跑到另一个地方。他把坎吉引到密林里后，就急忙跑到拴牛的大树前，解开牛绳，又把牛赶回师父家去了。

①动作描写……

依季洛通过装牛叫再次骗走了坎吉的牛犊，体现了依季洛的机智。

坎吉为了寻得原先走失的牛，在树林中钻来钻去，直到太阳西斜时才从树林里走到大路上。他发现自己的第二头牛犊也不见了。他难受极了，但他不愿让妻子知道自己连着丢了两头牛。于是，坎吉又向城里走去。他走到鞋匠的家门口，默不作声地站住了。

“是什么风把你吹进城来了！我师父卖给你的那头好牛犊呢？”聪明的依季洛问道。

“我告诉你，”坎吉又开始吹牛了，“我经过一座寺庙，把牛犊送给寺庙了，希望老天对我好一些。明天早晨，我到市场上去再买一头。”

读书笔记

鞋匠笑了笑，说：“不必等到天亮，我还有一头牛犊要出售。”

依季洛忍住笑，牵来了白毛牛犊。鞋匠为了不笑出声音，一直用扇子掩住嘴。

坎吉看见牛犊，不满意地说：“这牛犊比我的那头差远了！”

这时，师徒俩忍不住大声地笑起来。邻居们听见都赶来了，大家问是怎么回事。鞋匠就把坎吉两次买了同一头牛而且还要买第三次的事儿说了一遍。邻居们听了，也都哈哈大笑。

读书笔记

当笑声慢慢停下来后，鞋匠说：“坎吉，你要是答应以后永不吹牛，我就把牛和钱都还给你。”

坎吉只好答应，因为他没有钱，没有牛，不能回家。他要了一条粗一点儿的绳子，垂头丧气地牵着牛回家去了。

没过几天，这件事就传到了坎吉的村子里，连小孩子都知道了。从此，只要坎吉一吹牛，就会有人说：“坎吉，你还记得你是如何重复买同一头牛的吗？”听见这话，吹牛的坎吉就低头不语了。

精华赏析

本文主要讲述了坎吉因为爱吹牛而遭人戏弄，连续两次被人偷走牛，都不肯承认，而闹出笑话的故事。坎吉傲慢自大，自认为聪明绝顶，其实他愚不可及，而且好面子、爱撒谎。依季洛则聪明机智，活泼幽默，与坎吉形成了鲜明的对比。

延伸思考

1.坎吉第一次丢牛是因为什么？

2.坎吉一共买了这头牛几次？

相关链接

灌木，无明显主干的木本植物。植株一般较矮小，近地面处枝干丛生，如紫荆、木槿、迎春、海桐等。

中秋吃月饼的习俗

名师导读

每逢中秋，人们都会围坐在一起赏月吃月饼，这一习俗是如何形成的呢？让我们到下面的故事中去寻找答案吧！

读书笔记

八月十五中秋节吃月饼，这是中华民族的传统习俗。关于这个习俗的来历，有很多典故，其中一则与刘伯温有关。

元代末年，朱元璋率领农民起义军同元军作战，很不顺利，起义军接连失利。传说，军师刘伯温心生妙计，亲自挑选了一批士兵，化装成道士的模样，带领他们悄悄地进了城。

刘伯温来到一间书馆里，见众人神色忧郁，惶恐不安。他手握拂尘，微闭双目，口中念念有词道："天将降灾，黎民遭害。欲想免祸，神符护宅。"人们听罢，当即请刘伯温传授神符。

❶动作、语言描写

刘伯温地利用老百姓的迷信，巧施妙计，体现出他的机智。

[1] 刘伯温拿出一张写着"明"字的杏黄符纸，郑重地说："八月十五将天降横祸，家家户户必须照符纸上

写的字样做旗，在这天清早挂出，才能够驱除妖魔，人丁平安。”

当时，元兵对百姓的一举一动监视得非常严，百姓稍有不慎，就会招来元兵的责骂、毒打，甚至还可能丢掉性命。刘伯温便要大家将符纸藏在饼子里，送到亲戚朋友家中。

读书笔记

接连数日，士兵打扮的道士都照着刘伯温的吩咐，进城给人们送写着“明”字的杏黄符纸。刘伯温又叫糕饼店的师傅在饼内藏入印有“明”字的符纸。这样一来，全城百姓都知道八月十五要挂“明”字旗避难。

八月十五的清晨，朱元璋率兵攻城。城内元兵看见家家户户都挂着“明”字旗，以为明军已潜入城内，顿时慌乱起来。城外明军战鼓擂得震天响，元军吓得毫无斗志，争相逃命，溃不成军。朱元璋大获全胜。

①这天夜里，月上中天，分外皎洁。大家高高兴兴地吃着大饼，庆贺起义军胜利。

从此，每年中秋节人们都互相送饼祝福，渐渐就有了中秋吃月饼的习俗。

❶ **环境描写** ……

一切景语皆情语。大家因为大获全胜而心情愉悦，所以看到这晚的月亮觉得分外皎洁。

精华赏析

本文讲述了刘伯温巧施妙计，让全城百姓在饼内藏符纸，八月十五挂“明”字旗，最终取得战斗胜利的故事。整个故事充分体现了刘伯温的足智多谋。

延伸思考

1. 八月十五吃月饼的习俗和谁有关？

2. 全城老百姓通过什么方式传递符纸？

相关链接

刘基，字伯温，浙江人，元末进士，明初大臣。至正二十年（1360 年），前往应天（今南京），劝朱元璋脱离韩林儿，独树一帜，并为其筹划用兵次第，参预机要。明初任御史中丞兼太史令，封诚意伯。善文章，与宋濂齐名，著有《诚意伯文集》。

腊八粥

名师导读

以前每年腊月初八，家家都会煮一大锅腊八粥。你是否知道腊八粥的来历呢？让我们一起来读读故事吧！

---

① 农历十二月又称腊月，十二月初八是腊八节，这天人们都要喝上一碗腊八粥。据说，这一习俗源于寺庙。相传很久以前，苏州西园寺来了一个叫阿二的云游和尚。老方丈见他为人忠厚，言语和善，身板也很结实，便让他留下来做一个干杂务的“火头僧”。

❶ 叙述

文章开篇介绍腊八节喝腊八粥的习俗，引出下文，介绍这一习俗的由来。

这西园寺有几百个和尚，淘米、洗菜、烧火、做饭全由阿二一个人负责，虽说活儿多，十分辛苦，可阿二从不叫累。② 他不仅干活儿认真，而且非常节俭。每当看到散落在地上的粮食，他便小心地捡起来，放进一个大口袋里。日久天长，阿二竟积攒了满满一大口袋粮食。

❷ 叙述

此处描写阿二非常节俭，将捡来的粮食积攒起来，为后文煮腊八粥做铺垫。

有一年的腊月初八，西园寺里举行盛大的法事，讲经、说法、摆道场……热闹极了！可是忙中出错，管仓库的大和尚急着去念经，忘了把米粮取出来。这可糟了，全寺几百人做完法事还等着吃饭呢！[①]阿二急得像热锅上的蚂蚁，又找不着那大和尚，上街买吧，时间又来不及。这可咋办呢？突然，他一眼看见了那只大口袋，灵机一动，有了主意——干脆用这些粮食先应急吧！于是，他赶紧将那一袋粮食倒出来。嗬！花生、赤豆、小米……品种可多了！他麻利地将这些粮食淘洗干净后，便一股脑儿地倒进锅里煮了起来。

❶ **比喻**…………
阿二要做饭却无粮食，急得犹如热锅上的蚂蚁，生动形象。

按西园寺的惯例，凡有盛大法事，就要改善斋饭。

开饭的时间到了，那些和尚正高兴着能吃上一顿丰盛的斋饭，可端起碗一看，天哪！这是什么呀？黏黏糊糊的，稀粥不像稀粥，干饭不像干饭，里边啥玩意儿都有。大伙儿满肚子的怨气，可是又不好说什么。没办法，吃吧！谁知，[②]这一吃，大伙儿都觉得味道特别香，便争着往碗里盛，有的还用舌头把碗舔得干干净净。老方丈也挺纳闷儿，便问阿二煮的是什么饭。阿二本来心里也没底，见大伙儿挺爱吃，才放下心来，照实向老方丈讲了一遍。老方丈很高兴，还夸奖了他。这样，本是因应急而熬的斋饭却比以往的斋饭都好吃。和尚们就一起商定，以后每年的农历十二月初八都要吃这种“腊八粥”。

❷ **动作描写**……
此处描写了大家争着喝粥时的情形，“有的还用舌头把碗舔得干干净净”，更加体现了腊八粥的味道香醇。

后来，这种做法流传到了民间，便形成了腊八节吃腊八粥的习俗。

精华赏析

本文讲述了腊月初八喝腊八粥这一习俗的来历，赞扬了阿二勤俭节约的精神。

延伸思考

1. 阿二是怎么积攒一大口袋粮食的？

2. 阿二为什么会在举行盛大法事时煮腊八粥？

3. 阿二煮的腊八粥味道如何？

相关链接

腊八，佛教节日。相传农历十二月初八日是释迦牟尼的成道日，故也称“成道节”。我国汉族地区佛寺常于此日举行诵经等纪念活动。

包公拷问青石板

名师导读

包公是史上有名的清官，以擅长断案闻名。传说有一次他断案时拷问了青石板，这是怎么回事呢？让我们一起来读读故事吧！

包公爱民，明察秋毫，每见百姓有冤情，就要过问。

有一回，包公坐着轿子出去办事，从大街上路过。

一个小孩子坐在一块青石板上，身旁放着一只竹篮，两手捂着脸，呜呜地哭着。

包公听见了这个孩子的哭声，就吩咐衙役停了轿，把孩子叫到跟前，问道："孩子！你有什么事？为什么哭得这样伤心？"

①那孩子回答道："我是卖油炸糕的。今天早晨，我在大街上卖了两百文钱，放在篮子里。刚才，因为有人在这里变戏法儿，我就挎着篮子，站在这块青石板上看了一会儿热闹。看完以后，我再往篮子里一瞧，钱就没了。"说着，他又呜呜地哭了起来。

①语言描写……孩子解释了自己哭的原因，但看热闹的人那么多，他的钱会是谁偷走的呢？设想一下，如果你是包公，应该如何着手审理此案呢？

包公听了这孩子的话，在轿子里皱着眉头想了一会儿，就对孩子说："你的钱放在篮子里，刚才你挎着篮子站在青石板上，钱没有了，这一定是青石板偷的。衙役！把孩子和青石板一同带回去审问。"

包公要审问青石板，这件事一传十、十传百，顷刻之间满街的人就都知道了。许多人都感到奇怪，就跟到衙门里去，想听听包公是怎样审问的。

①包公进了衙门，升了大堂，叫人把青石板放到公案前面。那个小孩子就站在青石板一旁，看热闹的老百姓都围在大堂两边。

包公坐在堂上，开始审问："青石板，你是否偷了这孩子的钱？若不照实讲来，就动刑拷打啦！"

青石板还是青石板，一点儿动静也没有。

包公拍案大怒，叫衙役动手打青石板。

堂前的老百姓听见包公叫衙役们打青石板的板子，一个个想笑又不敢笑。只见两个衙役抡起板子，打了青石板几下，板子就断了。这时，站在大堂两旁的老百姓再也忍不住了，哄堂大笑起来。

包公不但不笑，反而把惊堂木一拍，说："你们好没规矩，怎么敢在大堂上这样大声喧哗？衙役们，把大门关上，不准他们回去。"

老百姓们看见包公动怒，就连忙跪下来求饶。

包公说："饶了你们也行，只是你们每人必须拿出

①叙述

一块青石板怎么可能开口说话呢？包公为什么要大张旗鼓地拷问青石板呢？此处设置悬念，吸引读者的阅读兴趣。

读书笔记

一文钱，才可放你们出去。”

①叙述

原来包公先前拷问青石板是为了吸引贼人来看热闹。寻常人的钱没有特殊之处，但这孩子被偷走的钱是沾了油的，贼人自投罗网。这充分体现了包公的足智多谋。

①包公就叫衙役们抬来一缸水，放在大堂前面。被关在衙门里的人只得一个个地来交钱。包公叫他们把钱丢进水缸里，并且站在水缸旁边亲自察验。好些人把铜钱丢进水缸里都太平无事，被放出了衙门。接着过来一个人，也把铜钱投进缸里。包公往缸里一看，只见水面上漂起了一片油。包公就对这人说：“你偷了这孩子的钱，快快招来！”

偷钱的贼大吃一惊，吓得浑身发抖。包公就叫衙役过来搜查，果然从那人身上搜出了一百九十九文钱，连同他投进水缸里的那文钱在内，正好是两百文。包公就把这些钱如数交还给了那个卖油炸糕的孩子。

读书笔记

那个偷钱的贼狠狠地挨了一顿板子，然后被赶出了衙门。

那些来看审案的老百姓，到这时才明白包公为什么要拷问青石板，一个个都打心眼儿里敬佩包公。包公断案如神的故事也就这样传开了。

本文主要讲述了包公借拷问青石板之名从围观的百姓中找出偷钱的贼人的故事。包公并没有按普通查案的方式去找贼人，而是设下陷

阱让其自投罗网，这充分体现了包公过人的心智和谋略。

延伸思考

1.包公为什么要拷问青石板?

2.包公凭什么断定那个人就是偷钱的贼人?

相关链接

包拯，字希仁，北宋庐州合肥（今属安徽）人，天圣进士。仁宗时任监察御史，建议选将练兵，以御契丹。后任天章阁待制、龙图阁直学士。官至枢密副使。为官刚正，断讼明敏，执法严峻，权臣贵戚为之敛手，为古代清官的典型。著有《包孝肃奏议》。

名家心得

让孩子变聪明的方法，不是补课，不是增加作业量，而是阅读，阅读，再阅读。

——苏联教育家　苏霍姆林斯基

读什么样的书就会做什么样的梦，有什么样的梦就会成为什么样的人。这本书，能让你拥有世上最好的梦想！

——全国模范教师、著名教育家　薛法根

读者感悟

民间故事是人类智慧的结晶。讲故事和听故事是世界各个民族、各个国家的普遍的文化娱乐活动。许多优美的故事伴随着人的一生，给人以各种启迪。

当你走进民间故事时，你会发现这是一个神奇的世界。你可以进入鸟语花香的仙界，同美丽的仙女共舞；也可以进入阴森恐怖的地狱，与鬼怪交战；在这里，动物是你忠实的朋友，它们会说话，重友情，帮你出主意、想办法，为你分忧解难；在这里，神奇的宝物随处可见，它们帮助善良的弱者战胜邪恶，获得幸福……

当你走进民间故事时，你会发现这是一个歌颂真善美、鞭笞假恶丑的世界。在这个世界里，既有诚实善良的农夫，也有阴险贪婪的地主；既有美丽漂亮的仙女，也有丑陋可怕的妖怪；既有懒惰狠心的哥哥，也有勤劳朴实的弟弟……各种各样的人，演绎着一幕幕精彩的悲喜剧。民间故事的主人公往往是弱小者，生活贫困，处境艰难，但他们善良、勤劳、勇敢。他们同邪恶势力勇敢抗争以改变自己的境遇，他们热心帮助他人从而获取自己的幸福。

当你走进民间故事时，你会发现这是一个知识的海洋。它会告诉你人们的种种思考，比如天地是怎么来的，人是从哪里来的，日月星辰、自然万物是如何形成的。它会告诉你巧媳妇是如何解决生活难题的，机智的人民是如何运用智慧战胜作威作福的封建官僚的。它会告诉你：什么是幸福，幸福是如何得来的；什么是善良，善良会给你带来什么；什么是勤劳，勤劳又会给你带来什么。它会告诉你做人的道理，什么该做，什么不该做……

请到民间故事的世界里尽情遨游吧，它会给你开启知识和智慧之门的钥匙，它会教你堂堂正正做人的道理，它会给予你通往成功之路的勇气和力量。

阅读拓展

民间故事，是人成为客观世界的主宰之后产生并长期存在的文体。故事的内容虽有不同程度的幻想成分，但都着眼于现实生活，其主题、角色与主要情节都符合故事传播时的生活逻辑。从神话传说到动物故事、生活故事、笑话，其内容和艺术手法的幻想性依次减弱，现实性依次增强。

真题演练

一、填空题

1. 在《皇家鞋铺》中，乾隆用 __________ 入了鞋铺的股。

2. 唐伯虎是 ___________ 代人，他与祝允明、文征明、徐祯卿并称“___________”。

3. 中秋节拜月的风俗与 _______________ 有关。

4. 华佗创编了健身功法 __________，并用它引导人们强身健体。

二、选择题

1.《朱元璋封伙伴》中，朱元璋封说书艺人的方木为（　）。

A. 醒木　　B. 云板　　C. 惊堂木

2. 孟姜女哭倒长城的故事，反映了人民对封建暴政的（　）。

A. 痛恨　　B. 喜爱　　C. 赞美

3. 西门豹听到老头儿对他的评论后（　　）。

A. 将他打入了大牢

B. 罚他给全村的人免费做豆腐

C. 惩罚了老盐店掌柜，并将一头驴送给了老头儿

4. 梁山伯和祝英台最终化作一对（　　），双双飞去。

A. 蜻蜓　　B. 蜜蜂　　C. 蝴蝶

5. 法海因为（　　），一心要把许仙和白娘子夫妇拆散。

A. 许仙有慧根　B. 嫉恨白娘子　C. 替天行道

三、判断题

1. 孟姜女来到长城脚下，看到范喜良被衙役殴打。（　　）

2. 牛郎骑着老牛追织女。（　　）

3. 祝英台是自愿嫁给马文才的。（　　）

4. 祝英台女扮男装去游学，是对传统社会中女子受到的不平等待遇和束缚的反抗。（　　）

四、问答题

“秧状元”的名号是怎样得来的？

答案

一、填空题

1. 一文钱　2. 明　吴中四才子　3. 嫦娥　4. 五禽戏

二、选择题

1. A　2. A　3. C　4. C　5. B

三、判断题

1. ×　2. ×　3. ×　4. √

四、问答题

秧状元家世代种田，祖祖辈辈都是种庄稼的能手。而秧状元比他的祖先做得更出色，特别是插秧，又快又好，远近几百里的庄稼人都赶不上他，所以大家送他一个外号叫“秧状元”。

爱阅读课程化丛书 / 快乐读书吧

外国经典文学馆

序号	作品	序号	作品	序号	作品
1	七色花	31	格列佛游记	61	好兵帅克历险记
2	愿望的实现	32	我是猫	62	吹牛大王历险记
3	格林童话	33	父与子	63	哈克贝利·费恩历险记
4	安徒生童话	34	地球的故事	64	苦儿流浪记
5	伊索寓言	35	森林报	65	青　鸟
6	克雷洛夫寓言	36	骑鹅旅行记	66	柳林风声
7	拉封丹寓言	37	老人与海	67	百万英镑
8	十万个为什么（伊林版）	38	八十天环游地球	68	马克·吐温短篇小说选
9	希腊神话	39	西顿动物故事集	69	欧·亨利短篇小说选
10	世界经典神话与传说	40	假如给我三天光明	70	莫泊桑短篇小说选
11	非洲民间故事	41	在人间	71	培根随笔
12	欧洲民间故事	42	我的大学	72	唐·吉诃德
13	一千零一夜	43	草原上的小木屋	73	哈姆莱特
14	列那狐的故事	44	福尔摩斯探案集	74	双城记
15	爱的教育	45	绿山墙的安妮	75	大卫·科波菲尔
16	童　年	46	格兰特船长的儿女	76	母　亲
17	汤姆·索亚历险记	47	汤姆叔叔的小屋	77	茶花女
18	鲁滨逊漂流记	48	少年维特之烦恼	78	雾都孤儿
19	尼尔斯骑鹅旅行记	49	小王子	79	世界上下五千年
20	爱丽丝漫游奇境记	50	小鹿斑比	80	神秘岛
21	海底两万里	51	彼得·潘	81	金银岛
22	猎人笔记	52	最后一课	82	野性的呼唤
23	昆虫记	53	365 夜故事	83	狼孩传奇
24	寂静的春天	54	天方夜谭	84	人类群星闪耀时
25	钢铁是怎样炼成的	55	绿野仙踪	85	动物素描
26	名人传	56	王尔德童话	86	人类的故事
27	简·爱	57	捣蛋鬼日记	87	新月集
28	契诃夫短篇小说选	58	巨人的花园	88	飞鸟集
29	居里夫人传	59	木偶奇遇记	89	海的女儿
30	泰戈尔诗选	60	王子与贫儿		**陆续出版中……**

中国古典文学馆

序号	作品	序号	作品	序号	作品
1	红楼梦	12	镜花缘	23	中华上下五千年
2	水浒传	13	儒林外史	24	二十四节气故事
3	三国演义	14	世说新语	25	中国历史人物故事
4	西游记	15	聊斋志异	26	苏东坡传
5	中国古代寓言故事	16	唐诗三百首	27	史　记
6	中国古代神话故事	17	小学生必背古诗词 70+80 首	28	中国通史

7	中国民间故事	18	初中生必背古诗文	29	资治通鉴
8	中国民俗故事	19	论　语	30	孙子兵法
9	中国历史故事	20	庄　子	31	三十六计
10	中国传统节日故事	21	孟　子		**陆续出版中……**
11	山海经	22	成语故事		

中国现当代文学馆

序号	作品	序号	作品	序号	作品
1	一只想飞的猫	36	高士其童话故事精选	71	大奖章
2	小狗的小房子	37	雷锋的故事	72	半半的半个童话
3	“歪脑袋”木头桩	38	中外名人故事	73	会走路的大树
4	神笔马良	39	科学家的故事	74	秃秃大王
5	小鲤鱼跳龙门	40	数学家的故事	75	罗文应的故事
6	稻草人	41	从文自传	76	小溪流的歌
7	中国的十万个为什么	42	小贝流浪记	77	南南和胡子伯伯
8	人类起源的演化过程	43	谈美书简	78	寒假的一天
9	看看我们的地球	44	女　神	79	古代英雄的石像
10	灰尘的旅行	45	陶奇的暑期日记	80	东郭先生和狼
11	小英雄雨来	46	长　河	81	红鬼脸壳
12	朝花夕拾	47	丁丁的一次奇怪旅行	82	赤色小子
13	骆驼祥子	48	小仆人	83	阿Q正传
14	湘行散记	49	旅　伴	84	故　乡
15	给青年的十二封信	50	王子和渔夫的故事	85	孔乙己
16	艾青诗选集	51	新同学	86	故事新编
17	狐狸打猎人	52	野葡萄	87	狂人日记
18	大林和小林	53	会唱歌的画像	88	彷　徨
19	宝葫芦的秘密	54	鸟孩儿	89	野　草
20	朝花夕拾・呐喊	55	云中奇梦	90	祝　福
21	小布头奇遇记	56	中华名言警句	91	北京的春节
22	“下次开船”港	57	中国古今寓言	92	济南的冬天
23	呼兰河传	58	雷锋日记	93	草　原
24	子　夜	59	革命烈士诗抄	94	母　鸡
25	茶　馆	60	小坡的生日	95	猫
26	城南旧事	61	汉字故事	96	匆　匆
27	鲁迅杂文集	62	中华智慧故事	97	落花生
28	边　城	63	严文井童话故事精选	98	少年中国说
29	小桔灯	64	仰望第一面五星红旗升起	99	可爱的中国
30	寄小读者	65	徐志摩诗歌	100	经典常谈
31	繁星・春水	66	徐志摩散文集	101	谁是最可爱的人
32	爷爷的爷爷哪里来	67	四世同堂	102	祖父的园子
33	细菌世界历险记	68	怪老头		**陆续出版中……**
34	荷塘月色	69	从百草园到三味书屋		
35	中国兔子德国草	70	背　影		